幻日／木山の話

沼田真佑

講談社

目次

装幀　水崎真奈美

幻日／木山の話

早春

彼岸の入りに当たる、春の一日。借家の小庭の片隅にクロッカスの花が咲いているのを目にとめた木山は、ひと仕事を終えての散歩がてらに、自治会に届け出てみようと思い立ち、垢染みた部屋着の上からダウンジャケットをまとって、家を出た。

その道すがら、実生《みしょう》の松がちらほらと生えた広やかな空き地で、向かいの家の男の子が雪投げをしているのを見て、足を止めた。夏場だと、人の背丈ほどにまで伸びた種々の草花で賑わい、そこだけ草いきれを立てているような、長く売れ残って久しい戸建住宅用の分譲地である。見ているとどうも一人遊びで、ぽつぽつと立っている松の若木を敵と味方とに見立てて、丸く固めた雪玉を命中させたり、枝葉に積もった雪のかたまりを払ってやったりしている。あまり眺めていても、それ以上はどうということにもならなそうなので、早々に木山は見切りをつけて、空き地を離れることにした。

自治会は、この地区の住民から、集会所とも、コミュニティーとも呼ばれている平屋の建物を拠点に活動しているのだが、この建設にかかる費用として、いつのことだったか二万円ばかり徴収されたのを木山は思い出していた。

冷えきった南風が、川沿いに並んだ合歓《ねむ》の木の樹間を縫うように吹きつけ、それでそのあたりの路《みち》は凍《い》て、手足がかじかんでくるのを感じたが、体のどこかから沸く熱に温められてそうなるのか、水洟《みずばな》が垂れ、それで鼻の下の溝が薄ら陽にときおり白く光った。

どうして部屋にいられなかったかと、無用の外出を後悔しはじめていたものの、一方で、軽い風邪にでも罹《かか》って寝こむことができたら、と甘えたような目算もあった。

寒風に身を切られながら、橋向こうにある集会所にたどり着き、防風雪用の二重扉を引いて中に入ると、奥の大広間のほうから、あたかもラジオの音声のような粗い砂っぽい人声が聞こえてくるのに混じって、金物が触れあうような物音が、靴脱ぎにたたずむ木山の鼓膜にぶつかってきた。

「ええ、ごめんください」

ぐっと舌の根をさげ、喉の奥の壁を広げる感じで発声したが、しんと静まりかえるばかりで、応答がない。急な沈黙が不可解だったが、何はともあれ、受付台で埃を浴びているフィールドノートを木山は手に取り、興味本位から例年の記録を知っておこうとページをめくると、どの年も今年に較べ、二十日以上は開花が晩《おそ》い。それはまあ、ありえないことではないとしても、発見場所の記入欄に、毎年々々、判で押したように自分の家の所番地が書いてあるのには辟易させられた。

それぞれ筆跡はちがうものの、どれも四角四面な感じで、これにも木山は拍子抜けしたが、要するに、自分のまえにあの家を間借りしていた人たち、もしくは通行人が記したのだろうと思うに留めた。

時　昭和九十×年三月十八日東雲《しののめ》雪空
所　同上

気を取り直そうと、故意にのたくらせて書いた鉛筆書きで対抗したが、昭和うんぬんはまだしも、東雲というのが面映《おもは》ゆく、余計なことをした思いで集会所を出ると、風が激しさを増して吹きつけてくるのに立ちすくみ、ダウンジャケットのポケットに手を入れた。中に忍ばせた使い捨てのカイロを揉みしだいていると、陽が翳《かげ》り、今出たばかりの建物の中から拍手が起こった。

それが手拍子のように一律で、一向に鳴りやまず、悪くすると余韻が長く肋骨《あばらぼね》にでも引っ掛かり、風に揺れ音を立てるのではないかとの予感に、思わず胸に手を当てたが、心拍数に別段不調は認められない。呼吸数も分当たり十二と、正常である。目に映る十のうち八、九は敵だろうと、そんな疑心暗鬼に落ちこんで、この先やっていけるだろうかと悲観して木山は足早に歩き、気がつけば先ほどの空き地にもどってきていたが、もう男の子は松の葉の蔭にも根雪の脇にも、どこにもいない。

以前はとても人なつっこい子どもで、木山が家を出ようとするとすぐにわかって、向かいの戸口から適当な履き物を突っかけ駆け出してきたものだが、ある時期を境に鋭く拒まれ、もうずいぶんになる。今その原因を、そらでかぞえあげてみたところ、三つも四つも思い当たるのに唖然とし、すっと血の気が引くのにまかせて空を仰ぐと、今朝の起き抜けには遠く西の山の六合目らへんに棚引いていた薄雲が、分厚い青い灰の棒状に凝《こご》って浮かんでいるのが、光明として、木山の目に映った。

「思い出せ、もっと」

独り言にはそぐわないような声を出し、ノリメタンゲレ、ノリメタンゲレ、と、学生時代に、キリスト教人間学という講義で聞きかじり、以来口ぐせになった厄除けの文句を繰りかえし唱え、皮下に沁みこんでくるさむけに対し、防壁を張った。

（全部だ。洗いざらいを、思い出せ。隠すな。みんな吐き出して、よく見て、捨てろ。おお）

地が顫《ふる》え、内に激情をはらんだ風が凄まじい力で叢雲《むらくも》を散らし、人家の軒にさがる氷柱《つらら》を薙《な》ぎ払い、枯れ木の枝を折り、冬田へ吹きおろすと今度は一転、視覚の上では地吹雪《じふぶき》に似た白一色の世界をあらわし、それが木山を魅了し、かつはたじろがせた。この一年というもの、何を見ても、また何と出会っても、心動かされることのなかった木山をである。

ちょうど一年ばかりまえの、従ってこの日と同様の季節に、木山は奥州平泉へ足を運んだ。関山中尊寺の参拝が、そのおもな目的だった。

「アルコールもドラッグの一種だと、よくよく心にとめておいてください」

山門をくぐり、石段に足をかけてまもないところで、あとからやって来た二人連れの参詣者のうちの長身のほうが、小柄なほうにこう話しかけるのが、風に乗り木山の耳へも届けられた。一方はコートの、一方はパーカーのフードを目深におろして、そのしめやかなそぞろ歩きには、見る者に巡礼という言葉を思い起こさせる、何か自己完結的な物々しさがあった。

（いや、それよりは被疑者の護送かな）

胸の内で木山はこう寸評し、そんな外連味《けれんみ》を山内に持ちこむのはどうかと思った。

木山には自信があったのだ、月見坂をのぼりきるまでに、自分は何かと接し、感応をはじめる、胸を打つ何かを得られると楽観視していたのである。初めて中尊寺を訪れたのは、二十代なかばの頃のことで、長く心に立ち籠めていた霧のようなものが、部分的にではあったものの、そのとき霽《は》れたように感じ、以来何度かこの名刹を、言わば救急外来のように利用してきたのだった。

仕事で仙台に行くから会おうと友人に誘われ、しかしその頃の木山は寝ても覚めても、あるひとつのことを思い詰め、自身をふくめあらゆる人間を胡乱《うろん》なものに感じるという、不安定な状態に、周期的にあらわれ長居する熊の影響下にあった。持病のようなもので、木山はこれを鬱ではなく熊と呼ぶのだが、これは自分が軽症であることからの遠慮であって、以前は小鬱《こうつ》と称していた。それがあるとき、成獣の羆《ひぐま》が獲物に襲いかかる映像を目にしてからというもの、熊と呼ぶようになった。出し抜けに飛びかかり、上からのしかかってくるさまに類似を認めたからで、羆というのは共喰いをする哺乳動物で、そこも人間と似ている、と思っていた。

この熊の滞在中に、無理を押して人交わりに励んだところで、関係が悪化するだけだろうと木山はその友人の誘いを断ったのだが、向こうも譲らず、中を取ってというつもりなのか、一関で会おうと提案してきた。木山が住んでいる町と一関とは百キロ近く離れているが、これは仙台―一関間とほぼ同等の距離なのである。中学時代の同級生で、その前年の夏に、ふとしたことから脚光を木山が二日ばかり浴び、知人の数が一時的に増えた時期に、約二十年ぶりに再会した。その後はたがいに連絡を取りあうようになり、交友は深められてはいたのだが、それでも木山がこの友人と会うのに慎重を期したのは、ひとえに熊の存在を知られたくなかったからだった。

結局のところ、他日の交歓というので話はついたのだが、一関という地名から木山は、その少し北にある平泉町を、さらには自然な連想から中尊寺のことを思い出し、冬が終わるのを待って訪れることにしたのである。

弁慶堂から、もと来た参道へ向かって石段をおりきったところに、高台があった。道のそばに石造りの柱が立っていて、誰かが何かを丹念にぬぐって清めたらしいそのおもてには、書き流しにしたふうな書体で〈東物見台〉と刻んであった。

「ああ。行書だよ、これは」

先ほど石段で擦れちがった夫婦、あるいは親子なのかもしれない二人組のうち、老齢の男のほうがこう呟いた。

「草書とはちがうのね」

と、五十恰好の女が、どうしてか木山の顔を見て、言った。

靴のせいもある、と、雑な試し履きをしただけで買った雪靴の不良を木山はかこったが、不馴れな雪の坂道で、現代人の歩幅にあわない石段の上り下りともなれば、それも足の痛みの原因だ、靴のせいだけではないとも感じていた。その靴の紐が知らぬまにほどけかかっていたので、石柱の脇に身をかがめると、先を急ぐのかふたりはみるみる遠ざかり、綾なす杉や檜《ひのき》の葉むらに見えなくなった。

高台は小ぢんまりとしていて人影がなく、三方を取り巻く樹木もまばらで、薄く積もった雪の上には靴の踏み跡ひとつ見当たらなかった。来るときに下の駐車場で、まだ年端《としは》のゆかない男児が目を丸くして見ていた観光バスを、木山は思い出していた。それには長い車体の胴のところに〈熱烈歓迎台湾貴賓降臨〉と、大仰な横断幕が掛けられてあったが、その仰々しさに滑稽味を感じて手帳に書きとめたのだった。金色堂に焦点を絞った異国の瞳に、こんな高台が映りこむ余地はないのかもしれない、と思った。

四阿《あずまや》のベンチに腰をおろすと、北の春の冷気で霜焼けをしたようにむず痒くなっていた手の指を、木山はまずはほぐしにかかった。次いで靴を脱ぎ、足の指先も同様に力をこめて揉みほぐした。遠いむかしに、図画工作の時間に捏《こ》ねた油粘土のような感触だった。

過度なマッサージは却って痒みを増すことにもつながると、ほどほどにして切りあげ、四阿を出ると、手前の手摺《てすり》のほうへ近づいた。その名のとおり眺望は東に向かいひらけており、中空《なかぞら》がぼやっと明るんで見えた。眼下に広がる田を覆う雪は、もうとけはじめているらしく、見晴るかす野づらのところどころに土壌が黒く露出していた。

今は白田《しろた》でも、と木山は思った。田打ちが済み、代掻きが終わり、五月にもなれば満々と水を湛えるだろう、初夏の陽を浴びて小苗は日一日と生長し、着実に株数を増やしていく。

（何も感じない）

昨年の暮れに、つねにない激しい抑鬱を、木山は味わった。年が明けてからはしだいに快方に向かってきてはいたものの、去らずに居続け、もうずいぶんになる熊を退散させるのに、こちらもつねになく手こずらされていた。鈍感でいると、熊が調子づく、過敏がこれを退治するというのは心得ていたので、そうなってくれたらとこの寺を訪ねたのだったが、無駄足のようだった。

（もう何も感じない）

ふと背後で物音がしたので、振りかえった。敷地の奥の暗がりに、幹周りの三抱えはありそうな杉が、他の木々を圧するように立っていて、おそらくはその上枝からの落雪だった。次は落ちてくるところを見てやろうと睨《にら》んでいたら、頭上に細く伸びていた梅の小枝が、情けをかけるかのようにくくっとたわんで、肩に雪を散らした。

途中、木の洞《うろ》から野衾《むささび》が顔を出し、素晴らしい速力で幹を駆けあがっていくのを目の当たりにした。本堂を見た。大日堂を、阿弥陀堂を見た。経蔵の前にも長いこと木山はたたずんだ。金色堂以外のほとんど全部を、ここ中尊寺で、このたびは見た勘定になる。あげくの果てには松尾芭蕉像の隣に並び、その肩に腕さえ回したのだったが、こんなのはまったく蛇足だった。

帰りは裏参道から駐車場までたっぷり歩いて、タクシーを拾うと、来るときに降りた平泉駅ではなく一ノ関駅へ向かったが、これは新幹線に乗るためだった。車が寺域を出て、少し走り、毛越寺《もうつうじ》口の交差点を過ぎたあたりから、ひりつくような静けさが車内を領してきて、木山は索漠とした思いにとらわれた。頼みの綱だった中尊寺で、何の恩恵にも浴せなかったのは、たしかに手痛い誤算だった。しかしそれを言えば、人生というのはそもそもが誤算の集成だろうとも思った。一ノ関駅にほど近い場所にジャズ喫茶の名店があり、過去に木山はその店を訪れたことがあって、ごく淡いものではあったが、マスターと面識があった。

（寄ってみようか。ひょっとしたら、何かが）

身を起こし、運転手に店の名を告げたものかどうか迷ったが、思い留まった。やみくもに収穫を求めて悪あがきするのは見苦しい、芭蕉像の二の舞を踏むぞと自戒して、シートに身をもたせ、目を閉じた。それからはまったく別の考えごとに移っていった。


徹頭徹尾、無感動に終わり、靴擦れによる踝《くるぶし》の出血と、冷気に当てられて発した扁桃腺《へんとうせん》の腫《は》れという二物が土産になった平泉参りから、七カ月余りが過ぎた十月の下旬に、木山は再び遠方へ出向いた。

出不精な木山にしてはめずらしく、その夏は進んで外出したので、それで生白かった肌は秋口には浅黒くなっていたくらいだが、行き先はもっぱら近くの林や川だったり、遠くて隣町だったりと、散歩の範囲を出るものではなかったのが、十月もなかばを過ぎたあたりで、漠然と海を見たい衝動に駆られ、実行に移したのだった。市街地までバスで出て、最初に目についたレンタカー会社に入ると、少なくとも二時間半はかかると承知のうえで、差し当たり宮古を目指すことにした。

そもそも木山は港町の生まれで、幼年期のほとんどを臨海で過ごした。それで今でもときおり、潮の匂いが嗅ぎたくなる、波の音が聴きたくなる、あと数日もしたら四十になる記念にもなる、と、何とでも理由はつけられたが、実情はやはり、何かに感銘するための遠征だった。中尊寺での失敗を、このときの木山はもう忘れていた。

市街のはずれから、しばらく道と併走していた簗《やな》川が、区界《くざかい》に入ると閉伊《へい》川と交替し、その滔々《とうとう》とした流れが山田線花原市《けばらいち》の駅舎を過ぎたあたりで、ぐっとふくらんだ。四方を樹木に囲まれていた峠道が、ありふれた街道の様相を呈しはじめると、視界に山々に代わって商店や人家が目についてきた。

宮古市街に入ると、木山はシートピアなあどへ車を向けた。いわゆる道の駅で、埠頭に造られたこの商業施設の駐車場で、いつか車中泊をしたことがあり、そこで見た海景に不思議な愛着を寄せていたのである。到着すると、奥のスペースに駐車し、車から降りて湾のへりに行った。しばらく海上に目をやっていたが、やがて街場に引きかえすと、ここに来るといつもするようには浄土ケ浜《じょうどがはま》へは立ち寄らず、南へ車を走らせた。

途切れることなく連綿と続く防潮堤を左手に見ながら、山田、大槌《おおつち》、鵜住居《うのすまい》の町々を走り抜け、釜石市に差しかかると、もう十年以上まえのことになるが、偶然入った定食屋で、そこの店主から釣り具を譲られたことを思い出し、たしか甲子《かっし》川沿いにあったはずだと、朧《おぼろ》げな記憶を頼りに店を探してみたが、見つからなかった。

朝、家を出がけに携帯電話のアラームを木山は、午後三時に鳴るようにセットしていた。これが鳴った時点で帰途に就く、あるいは宿を探しにかかろうと決めていた、そのアラームが鳴り、それで踏ん切りがついて、釜石を離れると車はさらに南進し、唐丹《とうに》、吉浜、三陸と海沿いの町を順にたどりながら、それぞれの土地で、それぞれの風物に目を曝《さら》したが、どれも格別な印象を木山に残しはしなかった。しかし最後に訪れた大船渡《おおふなと》では、思わぬ落とし物を発見し、何となく拾ってみることにした。何もないよりはましだ、と、手ぶらでの帰宅を何より恐れた短慮が招いた、妄動だった。

陽はすでに闌《た》けて、遠い山裾に点在する家々の屋根や葉のない木々は色褪《あ》せて暗く、ひと続きの単色に見えた。一方で、まだ紅葉の進んでいない街路樹も沿道にちらほら見受けられた。とあるショッピングモールの駐車場に車を停めて休んでいると、前方から電動車椅子が近づいてきて、サイドミラーとすれすれに駆動し去っていくのを目で追っているうち、あとからそれはあらわれた。

「飯でも喰いませんか」

小型のキャリーバッグを転がして、風に吹かれるような足取りで歩く女だった。木山が窓を開け、運転席から声をかけると、恐れげもなく女は足を止め、まじまじと木山を見かえした。脱落者だろうと直感的に木山は感じて、同病相憐れむの愁嘆場をも同時に思い描いていた。

「どうですか、一緒に」

類例のない行動だったが、ためらいもなく、平然と誘った。実際どう転んでもよかったのだ、断られたところで、別段どうなるものでもない、それはそれでひとつの体験、血の巡りをよくする運動になる。そうしてまた、このどうにでもなれという態度に、ある種の箔《はく》がつくことは、木山のような年齢の男なら誰でも知っていることなのだ。

「後ろ、いいですか。荷物があるから」

後部座席に女が体を乗り入れてくる、そのどこか捨て鉢なようすにも響きあうものを感じた木山は、先回りをし、宿で食事しようと持ちかけてみたが、返事はなかった。そこで車を北へ向けると、先ほど廃船を眺めて過ごした漁港まで引きかえすことにした。波止場のはずれの高台に漁師宿があり、その物寂《ものさ》びた佇《たたず》まいが、印象に残っていた。今の自分にふさわしい宿はあれだと思い決めていた。

ところが港に着き、高台に車を近づけてみると、空き家だと判明し、別の宿を当たる必要が生じた。近くにもう三軒の民宿があること、またそれらの連絡先は、スマートフォンで女が調べた。予約制だとかで二軒に宿泊を断られたのち、残る最後の宿に受け入れられた。急な投宿で夕食は出せないが、食料の持ち込みは許可しているとのことだった。いっそ釜石でホテルでも探すかと木山は思い、しかしそれは殺風景にすぎるような気もして、女に意見を求めると、どこでも構わないという。そこで行きがけに見かけたコンビニで簡単な買い物を済ませると、そこから少し南下するとぶつかる丁字路を左折した。小駅の前の細い通りを、防波堤づたいに徐行して進んだ坂の中ほどに、民宿南りあす荘はあった。

瓦葺《かわらぶ》きの母屋《おもや》の玄関は、広々とした立派な造りで、宿帳に記帳を済ませると、母屋に隣接する別棟に通された。建て増しをしてまだ浅いのだろう、古風な母屋とまるで不調和な鉄筋コンクリート二階建ての上階にある客室は、有機ELの大型テレビにまず目を奪われる、十二畳ほどの日本間だった。

窓を半分まで開け放し、夜の海面に揺れ動く赤い光を木山が眺めているあいだに、女はあらかた着替えを終えていた。外気に身を縮めているようだったので、木山は窓を閉め、エアコンの設定温度を二十六度まであげた。女はハンガーを手に取ると、初めにジーンズを、次いで白無地のニット、最後にコートという順に掛け、鴨居《かもい》に吊るした。浴衣には不似合いな厚手の靴下に木山が目をとめると、防寒用に持ってきたのだという。末端冷え性だから、とも言った。

蛍光灯の光のもとで改めて女と向きあってみると、たしかに当人の言うように、二十七歳の歯科助手と見えないこともなかった。だがそれでもやはり、木山は女が自分と同年代だというふうに感じた。コケシを思わす地味な目鼻立ち、体つきも全体に痩せて骨っぽく、何か木でできているかのような印象があって、それが女を老けて見えさせているのだと思った。

女が浴場に行ってしまうと、木山は浴衣の帯を締め直し、まだぬくみの残る座布団の上に胡座《あぐら》をかいて、テレビの電源を点けた。××市の女児失踪事件は、まだ解決を見ていないらしかった。子どもの生死に関わる事柄は、木山には最大とも言える関心事だった。ニュースの速報が入るのを考慮して、テレビは消さずに音量だけ落とし、レンタカー会社に電話をかけた。応対者の声は甲高く、超過時間の時間料金などについての説明を受けて、通話は終わった。

宿に落ち着いて、かれこれ一時間が過ぎようとしていた。暇を持て余して木山は、先に弁当を開くことにした。何弁当というのでもない、馴染みのコンビニ弁当で、喰い終えると食品や何かとまとめて買ったロングピースを喫《す》って、時間を潰した。常用の煙草が店になく、代わりに買った銘柄だったが、久々に味わうこの高タールの煙草の甘味は容赦なく喉の粘膜を刺し、副流煙はひとしお目に沁みた。それでも木山は三本を灰にすると、ワインのボトルに手を伸ばした。シラーズとカベルネを混ぜたフルボディ、とラベルに書かれた、酸っぱいばかりの代物だったが、機械的に瓶の三分の二までを胃に流しこんだところで、ドアが開いた。

長湯が効いたのか、女は体の輪郭線が心持ちぼやけてふっくらとしていた。髪の毛がまだ少し濡れていて、額や頬に張りついているのが、何か女を幼げに見せていた。そんな女と、自分は好対照だと木山は思った。この半日で、丸十年は老けこんだように感じていた。性交の相手としての、またその素性に対しての興味もほとんどなくしていたが、こうしてふたりで部屋にいて黙りこんでいるのも陰険だと思い、

「子どもの頃、肌、黒かったんじゃない」

気だるげに割り箸を使い、缶酎ハイを啜《すす》っては、また箸を動かしを繰りかえしている女に話しかけてみた。

「思春期あたりで白くなってきた、とか」

「そんなことないけど」

それは木山が以前、ある女友達から聞かされたところの不思議な特質だった。そしてまた、そういう肌の持ち主は、目の前の女のように、入浴後いつまでも汗をかくものではないとも聞いていた。

女が何かを喉に詰まらせて噎《む》せこんでいるのがうとましかった。しかし同時にそこが、無限の悲しみが湧く源泉ででもあるような錯覚をおぼえ、気がつけば木山は背中をさすってやっていた。だが木山が煙草を喫いはじめると、口から鼻孔から流れる呼出煙を、女は宿のマニュアルが入ったラミネート板ではたはたとあおぎ、自身の肺臓を守るのだった。

「こういう旅館って、布団とか自分で敷くのかな」

女は食事が済んだらしく、甘い匂いのする乳液を手や首に塗りこみながら、テレビを見ていた。旅館じゃないだろうと思ったが、訂正はしなかった。

「どぶ板営業みたいな一日だった。でも、眠れるかな」

「薬があるから、大丈夫ですよ」

女はバッグから錠剤が詰まった無色透明のケースを取り出した。睡眠導入剤だということで、その薬効や副作用について、女は手短に説明し、終わると木山は風呂場へ行った。これから展開されることになる場景に反応しているのか、陰茎が勃起しかかっていた。恥知らずな器官だ、と思わず舌打ちが洩《も》れ、それが壁のモザイクタイルにぶつかって、浴場に小さくこだました。

看板にあった、海まで十秒との宣伝文句は大げさだとしても、暗い岸壁にぶつかる波音が枕の下から聞こえてきそうな宿ではあった。よくもあの大津波に呑まれなかったと木山が有り体に言うと、床下浸水程度の被害で済んだと従業員のひとりが言った。床の間には台座に〈復興祈願〉と銘の打たれた毘沙門天の立像があった。茶櫃《ちゃびつ》の中からは〈絆〉と印字されたステッカーが二枚出てきた。からかわれているようなもんだと木山は思った。

「もう何度目かな」

と女が言った。

「こんな家出するの」

「前回は勝浦だったたってね」

「そのまえは敦賀。冬の日本海、よかったな。暗くて」

「嫁いびりって、そんなに酷なものかな」

「あのままいたら、おかしくなってたと思う」

　事後は女は一転、饒舌になっていた。

「その亡くなった旦那さん、何してた人だっけ」

「消防士。弟は救急救命士で、一族郎党そういうのがうじゃうじゃ」

　そのうじゃうじゃという言葉を木山は、二、三人といった程度の意味として受け取った。この小一時間で、四百字詰め原稿用紙に換算し、一体何枚、女は自身の境遇について喋っただろう。年齢や職業が、先に話したものと微妙に喰いちがうのを、木山は聞きのがせなかった。一族郎党、と二十代の女が言うのもやはり、不自然だと感じた。嘘のかたまりみたいなものだと、女の顔を見ていると、黒い瞳を嵌《は》めこんだ白目に、交接のあとでは心持ち青みが差しているようなのがわかった。

「君のこと、今頃捜してるだろうな」

　君、と口に出して改めて女に、かすかな欲情をおぼえた。

「捜されてますかね」

　布団の中で、その白目の部分が青白く光って、馬のようだった。薬を飲むまえに用を足しておきたいと、重たい田舎布団から女は出ていった。それからややあってもどった女の体はすっかり冷えて、引き締まっており、素焼きの甕《かめ》でも抱くような気がした。

「トイレ、凄い寒い。あと蛇口、固いから」

　木山の二の腕に顎を載せるなり、愉しげに女は報告してきた。

「効くのかな、それ」

「いつもは四錠で、二十分もしたら効いてくるけど。でも初めてだと、もっと早いかも」

浴衣の裾を割って、冷たい脚がからみついてきた。

「それにしても冷えるな。俺はいい加減眠りたいよ」

ほんとうにもう、眠るべき時刻だった。

日の出は何時だろう、このまま眠らずに、べた凪《な》ぎの海に昇る朝日を拝むのも悪くない、と思った。しかしこのたびの馬鹿げた小旅行に、何か清らかなイメージが宿って、あとでそれが美化を促し、記憶に虚飾が混じるのは不本意だったし、余計な不実をかさねる気もした。実際今日一日、実《じつ》のあるものは何もなかった。その極めつけが、女がプラケースから取り出した四錠の強い眠剤だった。

「ね、起きてるの」

「そんなすぐ眠れないよ」

「私も」

座卓の上で、何かが光っていた。カーテンの隙間から射し入る宿の軒灯が、女の髪留めか何かを照らし光らせているのだろうか。もうやめてくれと、思わず木山は叫び出しそうになったが、頭に急な墜落があって、唇が上手く動かせなかった。これが求めていた眠りの前兆だとすれば、その四錠分の恩寵を丸ごと回収するべきだろうと、体の力を抜いて、思考も捨てた。肩のあたりで女が立てる寝息の熱が、段々と木山の、何かに幻滅すると決まってそうなる色つきの夢の中へ浸透してきた。

（まだまだ）

もっと何か体験が、恥が、と、人生というものの、底知れぬ自由が恐ろしかった。ただ、こうは思うようになっていた。世の中に信用するに足るものが何もない以上、せめては自分が生きて、目の当たりにする現実を現実と信じ、これを書き残すことが、あるいは務めなのかもしれないと考えはじめていた。

思いかえせば、あの年の夏、いや、その数カ月まえに、小説家として世に出たあたりで、あの子とのあいだに亀裂が入った。日増しに自分が、何か実体のない男になっていくのを、今日まで木山は、誰にも知られていないと思っていたが、間違いだとわかった。あの子がそれを知っている。

空の東の隅ばかり、白みはじめてきたのはどういうわけだろう。この二年間でかさねた愚行の、ほかにまだいくらもあるのを思い起こし、逐一点検していったが、それももう終わりに近づいていた。あとひとつ、あともうひとつ、とびきり見劣りがするやつを加えられたらと、切望し歩いているうち、また雪になった。強い臭気が一瞬木山の鼻を撲《う》ち、怪しんだ目を足もとに落とすと、側溝の穴の暗部に何か動くものがある。鼬《いたち》か、と木山は思い、胸躍らせた。と言うのも、野生動物との遭遇は、いつの場合でも、木山にとって歓迎すべき瑞兆のようなものだったから。

興奮し帰途を急いだが、帰り着いてみると、庭のあの早咲きのクロッカスが摘み取られていた。萼《がく》のところから力ずくで毟《むし》ったのらしい痕跡が、くっきりと緑で生々しく、それが格別に目に沁みた。

玄関に入り、錠をおろすと、ドアの向こうから刺すような気配がつたわってきて、呼び鈴が鳴らされた。覗き穴から外のようすをうかがってみると、果たして顔のない人がそこに立っている。

（ああ、しばらくぶりだ）

と、木山は、その血色のいい禿げ頭の人物が、子どもの指であることに気づくと、しみじみ思った。ドアマットの上に爪先立って腕を伸ばし、指で覗き穴をふさごうとする、これまで何度となく仕掛けられてきた、馴染みの懐かしい悪戯《いたずら》なのである。するとあの子は許してくれたのか、また一緒に遊んでくれるだろうか。

居留守が露見しようと何だろうと構わない思いで、木山は台所へ駆けこむと、流しに放置していた丼鉢に、黄色いクロッカスの花冠が浮いているのへ、ぼんやりと目をやった。するうちに色が、利口な子どもがわざとする乱暴な塗り絵のように、花の輪郭から大きく色が食《は》み出してきた。

寂しかった。

入船

昨年は、三十代のなかば近くまでを関東九州に暮らした木山にとって、身に覚えのないような冷夏で、水浴も西瓜《すいか》も、浴衣掛けの夕涼みも何も奪われたようだった。今年こそはと、まだまだ石油ファンヒーターを手放せない、暗い肌寒い六月、蚊取り線香をつまんで鼻へ持っていき、無理やり季感を捏《こ》ねあげるような日々が続いていた。そんな物足りないただ中に、潮の香《か》を持ちこんできた三藤《みとう》のことが思い出された。

毛先をくねらせた長髪、鼻の古傷が目を引く鳶《とび》工崩れのその若い男と、木山は四月に公園で知りあった。川筋の芝地につうじる石段に、三藤は座って、求人誌をぱらぱらやっていた。見ない顔だなと近寄ったのは木山のほうだが、しかし向こうは木山のことを知っていた。この田舎町では、木山の存在は、過去に受けたささやかな誉《ほま》れの余韻をもって知れていたのである。それが虚名だとわかっている木山は、このことを話題に出されると、蛇に睨《にら》まれた蛙然と体が硬くなってくる。人を騙しているようで、疚《やま》しさがじわじわこみあげてくる。このときもそうで、すぐにもその場を離れようとしたが、去りぎわに三藤の出身を聞いて、驚いた。同じ北海道は後志《しりべし》管内の、町境を挟んで隣の地域だったからだ。

「小樽の」

と、思わず畳みかけるように問い質《ただ》すと、

「小樽の」

鸚鵡《おうむ》返しに三藤は呟き、首を縦に振って見せた。

小樽市住ノ江の産院で生まれると木山は、まずは函館に、それから首都圏の町を転々として、その後の二十余年は九州で過ごした。小樽はまさに生まれただけの町だったが、そこで生まれたからには故郷だろうという意識が強く、履歴書などにもそう明記してきた。この偶然に賭けてみよう、何かこの男から得られるかもしれないと、身を入れて三藤と雑談をはじめたが、これには春に仇《かたき》の熊を追い払えたことで芽生えた自信が、裏打ちとしてあった。この余勢を駆って、さらなる遠方へ熊を追放してしまいたい、それには心を無施錠に、外向きに持っていく必要があると思っていた。

以来、三藤とはもっぱら物の貸し借りをつうじての誼《よしみ》が深められていった。仕事にひと区切りつくと、例の公園へ行き、そこで三藤と会い、たがいに持参した物の値打ちや出所について、語りあって過ごした。相手が興味を示したら、これを貸し与える、あるいは借りて帰るといった、児戯にも等しい遊びだった。それは金銭の貸与にも発展し、けじめがつかなくなりそうにも見えたが、駱駝《らくだ》色の鞄を木山が借りて、向こうはそれで品枯れがしたのだろうか、絶えてそのすがたを見なくなった。

　友と呼んでいいのかどうか、ただ、なけなしの社交性を自身に見出せたのは、木山には大きく、それが今萎《しぼ》みかけているのを感じて、惜しいかと言えば、惜しい気もしたが、人付き合いにはいつも煙幕を張り、淡い関係で通してきたので、一度それが毀《こわ》れてしまうと手の出しようがないのだった。長年の課題で、来る者を拒めず、去る者を追えず、と、自身の弱点を見ていた木山だったが、ひとつ追ってみたらどうかと考え、鞄の返却を名目に訪問することにして、三藤の家に至る経路を思い描いた。

　重い腰をあげて鞄を手に取ると、勝手口から借家の北側に出た。水道のメーターにまとわる黴《かび》っぽさに、饐《す》えた生ごみの臭気が混じって、さもしげなとぐろを巻いている。こんな生活の湿った匂いを嗅いでいると、人交わりに期待をかけている自分の甘さに呼吸がみだれ、それが鼻腔の粘膜を涸《か》らした。茶飲み話でもできれば上々だろうと、家の外壁に立てかけてある自転車の、夜露に濡れ、じくじくしたサドルに尻を預けると、鞄を籠に入れ、のったりとペダルを漕ぎ出した。

　宅地を貫いて走る車道をしばらく進んでいくと、掘り抜きの共同井戸にぶつかり、そこから道はふた股に分かれる。あとは一方の道を南進すれば、ものの数分で三藤の家へは着いてしまうのである。まえに一度連れていかれ、そのときは部屋に招かれたのだが、断っていた。今日はどうだろうと、及び腰に自転車を進めていると、水仙ばかり植わった土手が見え、これと相対し並ぶアパートの後ろの坂の中間に、その二階建ての家屋の一部が見えてきた。思いつきによその家を訪ねるというのは、木山にはそれ自体冒険のようなもので、重圧で息が詰まるのを感じると、

(かつてこの家には)

と、例により現実逃避の繰り言をはじめるのだった。

老人がひとりで住んでいたのだが、介護のためにそこに出入りしていた夫婦者が、いつしか同居するようになった。すると横手だか、由利本荘《ゆりほんじょう》だかに嫁いでいた夫婦の娘が破婚して転がりこんできて、娘はほどなく再婚したものの、夫も同居することになり、家内が手狭に感じられるようになった、その矢先に、老人の怪死が持ちあがるというのはどうか、と、木山は空想を休め、その面白さのほど、伸びしろのほどを考察にかかったが、そのうちにまた、虚構の続きを紡《つむ》ぎにかかった。

空き部屋が生まれ、いくらかゆとりができたのもつかのま、故人の孫を自称する青年があらわれる。朴直な、しかし依怙地《えこじ》なところのある男で、除雪などやらせると右に出る者はなく、路面の氷を鶴嘴《つるはし》で粉砕して回る。あまり砕くので、何となく滞在を許されているうち、今では亡き当主の寝所に起き伏しし、終日株価の変動に目を光らせている。そういう雑居のごたごたに、三藤は頭陀袋《ずだぶくろ》ひとつで身を寄せてきた。

(ただのリュックだろうに、馬鹿々々しい)

と、自分の一人語りを聞き流そうとして、また興が乗り、そのときの三藤のようすを想像してみると、港町の人に間々見受けられる、たくらみのない憂い顔で、厄介になります、と上がり框《がまち》に手を突いて見せたにちがいない気がして、胸が詰まった。土下座で両手はふさがっていたはずだから、このとき外から家の女が、何か大荷物を抱えて帰ったとしても、手を貸せなかっただろう、小樽を発つ朝、手土産にと掻き集めてきた海産物が、女の脚がふらついてぶつかった頭陀袋の中で、美味《うま》そうな音を立てたことだろう、と、そこまで妄想の裾を広げたところで、自分の虚感と、木山は向きあわざるをえなくなった。

どうして話を作る、人の身の上を嘘で塗り立てる必要がどこにある、と思うにつけ、やりきれなさがこみあげてきた。似ていると、思いこみすぎていたのかもしれない、わけもなく襲いかかってくるように見えた、あの抑鬱には、何か因って来たるところのものがあるんじゃないか、何かはわからないが、胸の内に何かが溜まり、それがあふれ出たところに、抑鬱が生じる、とこう考えてみると、たちまち熊はぐにゃぐにゃになり、おどろおどろしい大甕《がめ》に変わるのだったが、それは昨年の夏に上京したおりに、縄文の美をテーマにした展覧会で見た、火焔型土器そのままの形体だった。人垣の中でショックを受け、そこで灼きついた残像からの借り物で、しかし形はこの際、どうでもよかった。これに何が溜まるのか知りたいと、大まじめに木山は考えていた。

三藤の家の広い前庭には、ひと片の落ち葉もなく、そつなく清められており、察するにこれは、とまたぞろ悪いくせが出た。一分の隙もないこの掃き仕事は、家内に無職者がいることを物語って、いや、何も物語ってはいない、勝手に物語らせているだけだ。

「鞄をかえしに来たんだけど、やめとこう。何しろこれはただの鞄じゃない、ガーメントバッグだから。出張や何かで、スーツなんか携行するのには重宝しても、世捨て人の君に使い途《みち》はない。月夜に提灯というものだ」

こんな空々しい台詞《せりふ》なら、すらすらと発声できるのだ。助けが欲しい、とその種のひと言がしかし、どうしても出せない。

何かが喉から迫《せ》り出してくるのを感じて、ぐっと呑みこんだ。昨冬から初春にかけての、あの手ひどかった症状を顧《かえり》みて、大嘘のツケが回ったのだと木山は思い、生活に影を投げるものの正体を摑んだような気がした。

母屋の隣の物置の屋根に、人がいる。腰の据わった初老の男で、もちろんこれは、三藤ではない。しかし見ていると、庭木の剪定をしているその男の首に、薄っすらと縄目の痕が浮き出してきて、これもまた自分が無意識のうちにほどこす粉飾だと気づくと、皮膚が粟《あわ》立った。やはり月夜にも提灯は必要だ、と前へ踏み出しかけたが、もう遅い。すがたを見られてはいけないと、ハンドルを持ちあげ背を向けたところで、物置のある方向から、高い音が響いた。

(何でもない、電鋸《でんのこ》の歯が回っただけだ)

ぼやぼやしていると、次はまた罪もない人を桜の枝にでも縊《くび》れさせかねない、とサドルにまたがり、坂をおりていった。

宿は品川駅にほど近い、もう二十年以上まえに大学受験で利用したビジネスホテルの裏手にある、こちらもそれと同程度の仕様のシングルルームだった。チェックインを済ませて部屋に荷を置くと、フロントの隅で犬のオブジェよろしくかしこまっていた、エレベーターを降りるなり目があった係の女に、最寄りのコンビニの所在を尋ねた。徒歩で二分とかからないそこへ行き、栄養ドリンクとチルド飲料を買い、どちらもその場で飲み乾すと、ビルのあいだを抜けて、歩道にもどった。ひときわ大きな汗の玉が背中を転がりつたうのを感じて、麻で正解だったなと、穿いてきたズボンの尻で手の汗をぬぐった。

七月終わりの陽射しにぎらつく街路には色が、ことにも原色が氾濫し、入射する光を八方に拡散させていた。目がちかちかする、と、ウエストポーチからサングラスを取り出してかけると、行き交う人々の着衣から、その頭髪から色が抜け、歩く棒杭のように木山の目に映った。

（人みな噴火獣《シメール》を負えり）

申しあわせたように、何らかの荷物を背に負って歩く人たちを見て、十八の二月のあの晩に、同じこの道を散歩していたときに口ずさんだ詩句を思い出したが、炎暑に煙る柘榴《ざくろ》坂を、駅方面へくだりゆく人波に逆らい、ほとんど木山ひとりが猫背で坂をのぼり歩いていた。そうしながら目は、坂の名に由来する木がないものか探っていた。

坂をのぼりきると右へ折れ、歩道の先に目をやった。医療従事者らしい白衣を着た女の三人連れがこちらへ向かい歩いてくるのが見えたので、木山は立ち止まり、身を横にして道を譲った。

「私、裏切っちゃったな、前田さんのこと」

「手間が省けていいんじゃない？　どうせ永くないんでしょ、彼」

「悪人ぶらないの、善人」

三者三様に異なる顔つきこそしていたものの、目は同じだった。狭い歩道を並んで歩く、痩せぎすのふたりのあとをついて歩く大柄の女が、仲間に向けて言った言葉を木山は教訓と受け取った。

（何であれぶるのは禁物。飾らないことだな）

虚業を生業《なりわい》にして、けれども実人生まで嘘で鎧い固めてしまうのは、虚勢を張って生きるのはみじめだと思い、汗を吸いへばりついてくる肌着を上からつまんで、風を送った。

自作の小説を原作とした映画という、より大掛かりな仮構物との対面を控えて、木山は気持ちが張り詰めていた。そこでリラックスするために、目下取り組んでいる短篇小説の続きの場面々々を思いつくままに空想し、見るまに衰弱しはじめるそれらのうちから、脈のありそうなものを択《えら》んで手の中に入れ、温めはじめた。幼時からの、もはや矯正のきかない癖《へき》のようなもので、難なくそれへ木山は入ってゆけるのだった。

最初の獲物は、こうである。

橋のたもと近くに栗の木が二本、年老いた兄弟のように立っている。橋から遠い、より枝ぶりのいいほうの樹下に、車が一台停まっている。まだ日没まえだが薄暗く、夜にもなれば濃い闇に車体が呑まれてしまう、そんな片田舎を流れる川の畔《ほとり》。対岸に学校の体育館らしき蒲鉾《かまぼこ》形の屋根が見えるが、ほかに建物は見えず、人家もほとんどが土手の木立に隠されている。厳密に言えば、家がないのはこちら岸も同様なのだが、しかしその代わりには数十戸もの仮設住宅が建ち並んでいる。

(やはり舞台は釜石。川は、そう、甲子《かっし》川でいこう)

道がふたつ目の信号に差しかかったところで、左に折れた。沿道に雑貨店があったので、そこで黄色いハンカチを買い、店を出ると歩道に立って、これを広げた。サングラスをはずしてその色にしばらく見入ったが、やがて歩き出し、道が桜田通りに合流すると、五反田方面へ足を向けた。歩行者の妙に少ないことが、何となく気分をちぐはぐなものにさせていたが、ゆっくりと歩いていくうち、おそらくはハンカチの黄の影響から、また別の情景が頭に湧いてきた。先のものよりもあやふやで、意味も不明瞭ではあったが、今度のには台詞がついていていた。

栗の木の根方から川べりにかけての土手一面に、黄色い花がみだれ咲いている。蕗《ふき》の薹《とう》かな、と男が言うのに、こんなちっちゃいバッケはないよね、と、指をぱきぱきしながら女が応じる。これは福寿草《ふくじゅそう》、アドニスだよ、とここで木山は立ち止まり、その花のすがたを思い浮かべ、また歩き出した。目を半眼にして視野を狭めると、女が花を一輪摘んで、男に手渡す光景が見えた。よく土を払い、男はそれを観察している。繊《こま》かく裂けた葉は人参のそれに似て、花弁はパックの刺身についてくる食用菊にそっくりである。たしかに蕗の薹とはちがう、と男は花を捨てて、言う。この花ね、と、もう一輪摘み、女は続ける。太陽のほう向いて咲くんだよ。

「今はもう夕方だから、こんな暗い黄色だけど、ほんとはもっとはっきりイエローって感じでね。わりときれいなんだよ、この花」

うっかり声に出していたようで、行きちがった人が訝《いぶか》しげに向ける視線を木山は擽《こそば》ゆく感じた。いつか観た何かの映像作品、いや、夢で見た景色だろうかと、もっとその先を続けてみたかったが、駅に近づくにつれて人が増え、思考もごたついてきたので、諦めた。車道を挟んで斜め前方に煙草屋があるのが目にとまり、道を横断し、そこでふた箱買うと、ひとつをシャツのポケットに、もうひとつをウエストポーチの中へ入れた。少し引きかえし、歩行者用信号機の青が点滅している道を、アスファルトを蹴立てて走り、もとの歩道をぶらついていると、路地の奥のほうから大声で呼び止められた。

「寄ってきなよう、兄ちゃん」

力なくうなだれたタイ国旗の下から体半分だけ覗かせて、足もとに散らばった紙屑か何かを蹴りあげながら、挑みかかるように腕を振り回している、その初老の男を見て、木山は動けなくなった。あの男とはたしかに会ったことがある、と確信に近い手ごたえを感じて、そこから追想に耽《ふけ》っていると、少年時代に、母親とふたり、いや、ほかに誰かいたのかもしれないが、この同じ路地を歩いていて、同じこの男から、同じ掛け声を、五十音の全部に濁点が付されてあるような塩辛声で浴びせられたのを思い出した。あのとき男は、まだ子どもだった自分をからかったのだろうが、今は事情がちがう気がした。平日の昼日中、所在なげに道を往《ゆ》きつもどりつしている、風采のあがらない中年男は、そこの風俗店を訪れる客の一典型なのかもしれないと思った。

「きゃ」

と、背後に悲鳴があがるのを聞いた。年の頃なら十二、三歳、これにふさわしくない幼い調子で泣きじゃくる少女のもとに、五十年輩の男がつと歩み寄って、ふたりで何か話しはじめた。少女が靴を片方脱いで手渡すと、ソールの匂いを男は嗅いで、少女の鼻先へもそれを近づけた。不均一な密度の空気の中に、少女の右足と男の手の中と、ふたつの白いスニーカーだけが浮き出して見えた。何を踏んづけたんだろう、と好奇心が動くのを感じて、道の脇へ退《の》くと、視界が暗んだ。ビル蔭に入っていたからで、この蔭も濃い敷石に、思いがけず女がかがみこんでいたので、目を凝らすと、どうやら女は足の爪にマニキュアを差していたらしかった。

「寄ってけよう、おうい」

なおも小男は肩をいからせ、声を張りあげて誘いかけてくる。現実世界の、そのめくるめくけばけばしさに、そぞろに力を得たような気がして、客引きの男の目の前を木山はあえて通り過ぎ、散々男にどやしつけられながら、路地を抜け、信号を渡ると、紳士服店の脇の道へ入った。やがて橋の近くに試写会場のビルが見えてきたので、その前に立ち、手《て》庇《びさし》をして、空を見あげた。建物の天辺《てっぺん》のところが青空を半円形に切り抜いていた。

待ち合わせの午後四時まで、まだ一時間以上残っていた。もうしばらくすれば、虚構の上に仕組まれた虚構が、映写幕上に影を投げることになる。でも何も、と、くよくよと思い悩む自分を、今では軽く見る余裕が生まれていた。俺ばかりじゃない、世界は虚感に満ちてるんだから、と。

ビルの中に入ると、喫煙所へ行き、おりよく無人だったのもあって、匂いが強いので状況しだいでは喫《す》わないようにしている黒煙草を二本、灰にした。さらにもう一本取り出すと、火は点けず咥《くわ》えるだけにして、壁を机代わりに手帳を開き、ここにたどり着くまでに目にした情景を時系列に書きつけていった。書かれたものからは、すでに嘘の匂いが立っていた。しかしこうして書くことで、実《じつ》を虚に転化させる工程を踏むことで、その虚が実のほうに近づいていく感じがあった。

(書くことは嘘じゃない、嘘を書くにしても)

取るに足りない体験が、幅を持つ何かに変質し、外界と結びつけられていくことに、木山は奇妙な興奮をおぼえていた。なおも手を動かしながら、雨の日に部屋で詩を読むのに似ている、と、曇りガラスに閉ざされたこの空間に、自身の心模様との類似を見出していた。


夏で、このところ体調は万全だった。窓辺から吹き寄せる風に夢の痕跡は掻き消され、天井の木目を眺める寝起きは快かったが、休日と決めていたその日、木山は特にすることがなく、それで殺生が禁じられる盆まえにと、釣りをしに家を出た。

近所の川沿いの遊歩道を、流れに目をやりながら自転車を押して歩いていると、スーパーの敷地に入っていたので、店舗を囲む駐車場の外郭を逸《そ》れて、バイパスの下のトンネルを抜けた。トンネルを出たところで足を止めると、目の前に見知らぬ土地の雰囲気が漂う草野原が広がっていた。

薄雲を透かして午前の弱い陽が洩《も》れて、そんな不確かな光を受けてもそうなるのか、東の山の山頂が、そこだけブリーチを滴下したような白さで光っている。眩しいので視線を移すと、素掘りの溝といったくらいの小川が、草原《くさはら》を斜めに横切っているのが目に入り、その水の輝きに木山は魅せられ、道端の立ち木に自転車をもたせた。草の先に頬を刺されながら歩み寄り、流れの中を覗きこんでみると、全長ゆうに一尺を超える大きな岩魚《いわな》が、背鰭《せびれ》の露出しそうな乏しい水量の底にうつ伏している。

はっとして耳の後ろが熱くなったが、産卵期でもないのにこんな大物が、こんな下流の小川にあらわれるというのは、いつか図鑑で知ったこの魚類の、深山幽谷を栖《すみか》にするとの生態と思いあわせてもそぐわない。まやかしだろうと思ったが、その胡散《うさん》臭さに却って現実味を感じて、惹きつけられた。

ひとしきり騒いだあとで、釣りあげてみたら鯉だった、となってはつまらないと、もう一度青草を掻き分け、改めて魚体を見直してみたが、顔つきがやはり岩魚なのである。紫がかった体全体に散らされた斑紋《はんもん》はあくまで白く、ぼやっと大きい。雨鱒《あめます》系統の岩魚の特徴で、こうなると脂鰭《あぶらびれ》も見たようなものだと、木山は釣りの支度に取りかかった。竿は〈写楽〉と銘のある使いこまれた渓流竿で、三藤からの借り物だった。錘《おもり》を舌と歯で支えながら、鉤素《はりす》を結わえ、どうにか仕掛けをこしらえ終わると、すでに陽は高く、明るい靄《もや》が幾層にも縞目をなして揺らめいていた。

先ほどとはあきらかに異なる風景で、小川の向こうが何かの畑らしいことは見覚えていたものの、奥にトタン葺《ぶ》きの小屋があるのは記憶になかった。畑地のちょうど木山と真向かいの位置に盛られた肥料の山の、十メートルほど先の土の上に、白い半袖の繋《つな》ぎを着た男が立っていて、もう何日も働き詰めだとばかりに、気だるげに鍬《くわ》を振るっている。人の庭池に釣り糸を垂れるようで、竿を出しあぐね、差し当たり向こうの仕事が終わるのを待つことにしたが、ここにいるとどうしても気になる山のいただきが、こちらも来たときと打って変わって、何か埃っぽく、赤茶けてくすんでいるのが不審でならない。

なおも半時間ばかり、男の冗漫な仕事が終わるのを、早く切りあげて、昼寝でもしに帰ってくれと意地の悪い思いで待っていると、この木山の敵意がつたわったのか、鍬のひと振りごとに、男の筋肉が盛りあがっていくのがわかった。初めて足を踏み入れた土地で、すると向こうに一切の優先権があるようで、とても敵わない気がしたが、あれほどの岩魚とは滅多に出会えるものではなく、思いきって木山は対岸に向けて断りを入れてみた。釣っていいんですね、と言った気がするし、釣っちゃいけないんですね、と、言った気もする。

いずれにしても、大声を出したつもりではあったし、距離からしても確実に届いたはずなのだが、男は鍬を振る手を止めようとしない。おりから山を巻いて吹きおろしてきた東風を、木山は許諾の合図ととることにして、岩魚の鼻先を狙って鉤を打ちこんだが、何度繰りかえしても、喰いつかない。そのくせ竿をあげるたび、必ず餌がなくなっている。餌はイクラで、たしかにイクラは餌落ちがしやすいものだが、長く冷蔵庫にしまっていたそれは、外皮がなかば腐敗しかけ、樹脂のように粘りけを帯びているから、そう簡単に鉤抜けはしない。

　鉤には反《かえ》しもついているのに、と首をひねりながらも、これでもう十数回目かの餌の付け替えをしていると、鍬を振る手を休めて男が、ぴゅっと指笛を鳴らした。狙撃されたようでよろめきかけたが、気を取り直し、素知らぬふりをして、釣りを続けた。すると相手も鍬を振りはじめるのだったが、ここで初めてこちらへ向けた背中に木山は、男の人生観を見た。その背にプリントされていたのは、赤いマルで囲んだ人の影の上を、赤い線が斜めに走っている、と、要するに立入禁止の標識で、ふと釣りにおける、目に見える魚は釣れないものだという金言を思い出し、不思議なほどすっぱりとそれで諦めがついた。

　竿を畳んで竿袋に収めると、梅の木に立てかけておいた自転車のサドルを目一杯の高さまで引きあげ、その高さのまま無理をして漕ぎ出したが、トンネルの入口の、蔭と日なたとで袈裟《けさ》掛けに体が染め分けられるあたりで、自転車を止め、ふっと川のほうを見かえると、男が水の中に立ち、鯉幟《こいのぼり》ほどもあるかという巨魚の鰓《えら》のあいだに腕を入れ、引き揚げようと躍起《やっき》になっている。

　と、ふいに男が脚を滑らせ、頭から魚に呑みこまれた。

　何の後ろめたさも感じずに、敵を始末できた自分を木山は癒えてきていると、幻を幻のままに受け容れる、それであの辛気《しんき》臭い壺に罅《ひび》を入れてやれたらと、沸々と闘志の沸き起こるのを感じていた。

診察料を支払うと木山は医院をあとにし、路地へ回った。道の奥に城の石垣が、冬の成分をふくんだ十月の陽を受けて白々と見えた。バス停に着くと、この街で片づけておくべき用事がもうひとつ残っていたのに思い当たったが、明日にでもまた来たらいいと、おりよくやって来たバスに乗車した。

正真正銘の藪だと人に教えられて訪ねたのだったが、それがそのとおりだったと納得するには、何かが足りないような気がした。書きあぐねている小説に、藪医者が登場する場面があり、これと対面する患者の心理が知りたくて行ったのだが、そんな悪評を買う医者というのは案外名医かもしれない、と、痔を診て貰いたい思いもなくはなかった。

収穫は、ふたつあった。手術しないと治らないと言うので、ではそうしようと木山が言うと、どちらでもいいという意味合いの言葉を医師は呟き、頬を紅潮させて黙りこんだが、これは腕に覚えがないことの表明だろうと木山には感じられた。加えて会計を終えて、病院を出ようとしたところで、ドアの手前に吊るされてあったパネルに木山は頭頂部を撲《う》った。百八十センチそこその、そのまずまずの長身が災いしたわけだが、これを上回る背丈の医師が、自院の危険を察知していない、あるいは知りながら放置しているというのも、なるほど藪の証拠かもしれないと、手帳に所感を書きこんでおいた。

家に帰り着くと、ひとまずは流しの換気扇のもとで煙草を喫った。家具家財を処分し、なかば空き家のようになった室内を見回していると、自分も白紙に更新されていくようで気が清々した。先月のあたまに木山は仙台を訪れたのだったが、これは年明け以来、毎日のように聴いていたジャズが、抑鬱の緩和にいいように思っていたところ、おりしもその街でジャズの祭典が開かれると知って、弾みで足を向けたのである。

好天のその日、新幹線を降りると木山は、駅前の通りを定禅寺《じょうぜんじ》通りへ向かって歩き、勾当台《こうとうだい》公園に着くと、出ていた出店で十二オンスほどのプラカップに注《つ》がれた白ワインを買い、これを舐めながら、どこのステージからか吹き寄せてくる演奏にしばらく耳を澄ました。やがて通りを西へ、桜ケ岡公園まで歩いていくと、そこでも長いこと木山は、どこからか届けられてくる絶え絶えな歌声を聴いた。市民フェスティバルの性質も濃いその祭典では、一聴して素人とわかる演奏にも接したが、木山にはそれが、却ってこの音楽の本質に関わるものを体現しているように思われて、その弱い管の音、つたない弦の振動を、夏色の残る並木の下や通りの一角で足を止め、愉しんだ。

予期していた以上の人混み、暑熱の厳しさではあったが、ある規模を超えた街に特有の、虚栄の市《まち》といった匂いがしないこと、この街に住んでみようと思いはじめているのも感じて、日帰りの予定を変更し、青葉通一番町駅にほど近いところに見つけたシティホテルに宿をとった。経年の劣化か、薄汚れた部屋の空調は心許なく、快適な一夜とは言えなかったが、翌朝になっても昨日の高揚が残っていたので、チェックアウト後の散歩がてらに不動産屋を訪問すると、そこで担当者と膝を突きあわせ、仮の賃貸契約を交わした、そのアパートの入居日が、もう三日後に迫っていた。

（今から行って、何もかもかえそう）

奥の間が台所からちらと見え、今朝方そこに三藤からの借り物の数々を並べておいたことを木山は思い出し、煙草を揉み消し、隣室へ行くと、駱駝色の鞄に品々を詰め、ファスナーを閉めた。中で釣り竿が突っぱり、瘤《こぶ》のように突き出たそれはさながら駱駝の仔のようで、把手《とって》を摑んで持ちあげてみると、なかなか重かった。もう自転車はなく、徒歩で行かなければならなかったが、家々の庭の枯芝《かれしば》や、土手に咲く野菊のしみじみとした色合いに目を洗いながらの歩行は心地好かった。何畝《せ》、いや何反《たん》あるのか見当もつかない、崖下に広がる田んぼに揺れる穂波を眺め歩いているうち、あの日自転車で訪ねたときと大差ない時間で三藤の家の門前に着いたが、久しぶりに見るその家周りは、質素というか、どこか閑散として見えた。

「どうしたんですか、別人じゃないすか」

世事にはうとい男だが、人の内面の変化を見て取るに敏なところが、三藤にはあった。

「何かあったんすか」

呼び鈴を鳴らすと出てきた三藤は、うたた寝でもしていたのだろうか、旋毛《つむじ》がいくつもあるように散らかった頭に指を入れ、髪を梳《す》きながらサンダルを突っかけると、庭のほうへ木山を連れ出した。

「借りてた物、かえそうと思って」

勧められ、縁《えん》の草座布団に腰をおろすと、持参した鞄を木山は手渡した。

「家、引き払うことになったから」

「まじですか。引越しですか」

「寒くなるまえにと思って」

「東京ですか」

「いや、仙台なんだ。××区の、まあ、はずれのほうで」

「ちょっと、待っててくださいよ」

こう言うと、三藤は引っ手繰《たく》るように鞄を抱え、縁側を離れた。鞄の中身を確認してくれとの木山の言葉は耳に入らなかったか、あたふたと家の中に消え、しばらくすると家庭ごみ用のポリ袋を手にもどってきた。白い半透明のビニールを透かして、衣類や工具、飾り物といった雑品の数々がごちゃ混ぜに詰めこんであるのが見える。

「俺も借りてたやつ、まとめてきました」

ただ、と唇を曲げると、顔を伏せた。

「まだちょっと、俺」

「いや、あれは別にいいんだ」

芋の移動販売をはじめるというので融通した金のことだろう、二十万だった。ここは無理にでも帳消しにしてやりたいところだったが、そうもゆかず、いつでも構わないと言い、三藤と別れの握手を交わした。伸ばしてきた腕に、釣り竿と引き替えに貸したバングルが巻きついていたが、これは餞別《せんべつ》に代えることにして、咎《とが》めずにおいた。

借家に帰ると、床に寝袋を広げ、その上に腰をおろした。ポリ袋から品物を取り出して並べていると、三藤と借用書を交わしていたことを思い出したので、財布の中からそれをつまみ出し、照合していった。最後に、新聞紙でくるんであった単行本を、手に取った。木山の唯一の著書で、はからずも自分と向きあう恰好になったが、ふと第二章の冒頭がどんな文章だったか気にかかり、表紙を開くと、胡座《あぐら》をかいた股のあいだに紙切れが落ちてきた。

自分が入船《いりふね》で生まれたのはまじですが、東京の入船で、北海道じゃないんです。あのときは、ついそう言ってしまい、すいませんでした。あと、いただいた本、返します。やっぱり自分で買います。仙台でお仕事がんばって下さい。

その狐のキャラクターの絵つきの一筆箋を見ていると、初めて三藤と口をきいた日のことが、まざまざと思い出されてきた。初対面のときに相性じゃないかと感じた人の、誰に対してもするくせで、三藤にも出身地を尋ねたことは覚えていたが、町名を聞くなり同郷と自分が早合点して、三藤の引っ込みがつかなくなっていたことが、今にしてわかった。

　ポケット瓶を口に運んで、ひと息つくと、もう一度文章を読んだ。虚が実になる現場に立ち会ったなと、笑みがこぼれ、するとひとりでに壺が粉々に砕けた。さてこれは一体、どういう力の浸透だろうと、分析しかけたが、止《よ》した。今日はもう何も考えず、書かず、酒の酔いに身をまかせよう。明日は明日の風が吹く。誰の言葉だろう、いいことを言う、と木山は思った。

遡

うつらうつら、と、半睡《はんすい》の態で、取り散らかった意識下にあっても、一度身を起こせば錐揉《きりも》みに現《うつつ》は頭を射通してくる。

電気ケトルを満たした水が湯になるまでのあいだにと木山は、排尿と洗顔を済ませると、無精髭にからんだ雫をタオルでひと撫《な》でし、ぬぐった。まだ九時を回ったばかりで、床に就いた時刻から逆算し、四時間そこそこと、睡眠時間を割り出したところで、また波が来て、少しとろけかかったが、明日の締切にかかるエッセイを思いがけず書きあげることができた昨夜を思い、気を強くした。

寝室にもどり、もそもそと着替えをしていると、居間とこちらとを距《へだ》てる引き戸の一枚が引かれて、腰に届こうかという黒髪の、頬にかかるあたりを手指の腹で撫でつけながら、女が敷居を踏み越えてきた。その物言いたげな視線をのがれて、寝汗を吸った肌着の上からスウェットのパーカーをかさねると、腹に付着していた米粒を取り除くのに難儀するふうを装いながら、木山は女をちらと見た。ここで沸点に達し、湯気を噴きはじめていた薬缶に先に気がついたのは、女のほうで、ガスの火の落ちる音、カップに粉の降る固い音が聞こえ、二枚目の引き戸がぎこちなく引かれると、そこからすっと、生白い腕が伸びてきた。


「休みなのに早いね」

空想の女の手の中の碗《わん》から立ち昇る、コーヒーの湯気の向こうから鳴る幻聴を、枕辺に放置していた耳栓を木山はもとの穴に詰め、さえぎった。声と道連れに、つやのある髪もよく光る瞳も飲み物も、黒みの強いのから順に消えていき、すんでのところで、木山は独居の平和を取りもどした。

仙台に住居を移し、およそ知り合いの、半径ざっと百キロ以内に誰もいないという環境にあって、木山はいっそ平穏だった。過ぎる日はしっくりと身にあい、昇る月沈む陽は友人のように篤かった。しぜん内省に陥りがちになり、顔つきこそ暗くはなったものの、これを取りつくろう必要もなかった。早い話が甘ったれた生活で、それでときおり、鏡に向かいお休みと言ってみたり、ベランダで何かしてみたり、ちょうどこの朝のようにむかしの女の面影を招《よ》ぶなりして、この繭《まゆ》の中も同然の暮らしに破れ目を入れていた。

三十代を迎えてまもない頃に、情交をつうじて睦《むつ》みあい別れた女だった。夜に街で出会い、意志の交換があって、と、こんな馴れ初《そ》めから、淡白な女だろうと木山は思い、後先考えずに部屋に入れたのだったが、女は居続ける構えを示して、数カ月が過ぎた。持病の発作が出たと偽り、その頃勤めていた会社から捥《も》ぎ取った休みの日の朝、とうとう木山が痺れを切らし、そう毎日みたいに会うこともない、月に一遍《いっぺん》くらいで充分じゃないかと持ちかけると、女はその日のうちにいなくなった。蒸した日のことで、網戸に無数ある穴の全部から、法師蟬《ほうしぜみ》の鳴くのが聞こえてくるようだったのを覚えている。

すんなり切れることができたという点、木山の見立ては正しかったわけだが、その後腐れのなさが、却って永く消えない爪跡を残していた。たがいがたがいを捨てた感じだと、こう思いかえすにつけ、似合いの女だったのではと悔いの出るような朝夕が、四十一の秋を過ぎた今、しきりと木山を訪れるのだった。

宿命の女《ファム・ファタール》ないし女神《ムーサ》という存在の、こんなにも容易にでっちあげられることに飽き足りなさを感じながら、葛根湯エキスの顆粒を湯呑に入れて、電気ケトルの湯で溶いた。最後の朝に、女が淹《い》れたコーヒーの匂いがふと想起され、そのつもりで啜《すす》ってみると、思えばうだるような夏のさかりにでも、朝にはきっと熱い飲み物を出す女だったと今さらに気づいたが、現実問題として、もう一週間余り、コーヒーの粉を切らしていることに思いは移り、まだ陽に温もらない十一月初めの戸外に出ていった。

出てみると気味が悪いような晴天で、しかし家々の庭木の葉が落ちた歩道を歩いていると、もうじきこんなナイロンの上着では辛抱できなくなりそうな、外気の冷たさではあった。住宅街を抜けて坂道をくだり、川音が耳に届いてくるあたりまで来ると、そこで木山は足を止めて目を閉じ、川の色を思った。昨月末に幾日か続けて降った大雨が、上流域の何を削った影響か、このところ川水はエメラルドグリーンさながらに染まっていたのである。

（緑のスカートなんか、よく穿いてたな）

立ち止まらないように、今日あたり誑《たぶら》かされかねない、と、血の赤や鳥居の朱《あけ》といった補色を念頭に再び歩きはじめたが、長さ百五十メートルばかりの橋の中ほどに差しかかると、やはりと言うか、足が止まった。黒という色が光を斂《あつ》めるように、人の心を吸い寄せる色の水が、遠くの渓谷の岩間から沁み出してあわさり、奔流をなして橋脚を洗い流れていくさまは壮麗で、たちまちこの虜《とりこ》になった木山だったが、人がやって来はしないかとの監視はゆめ怠っていなかった。

（ほうら、刺客のお出ましだ）

背中に受けるひと押しで落下し、流れに呑まれかねないという危機意識からで、学生らしい二人連れが近づいてくるのが見えたのをしおに、橋を渡りきると、そこからはバス営業所の敷地を回って川べりに出るのと、左に延びる登り坂をたどるのと、おもむきのちがった散歩コースを木山は持っているのだが、この日は川とは距離をとることにして、後者を採《と》った。

人ふたり肩もすれすれに行きちがうような細道を歩いて、角の酒屋まで来ると、そこの店前を、思いがけず自分とよく似た男が横切ったのに木山は驚き、そのあとを追うことにした。傷んだ着衣の風合いや履いている靴まで似通っていて、両の耳に、それぞれひとつずつあるのかもしれないホクロを思うと、さすがにうんざりしてきたが、やがて道の先に郵便局が見えてきたあたりで、自分よりも五、六歳、いや、もう少し若いと遅ればせにわかり、するとそんなことからむかしの記憶が、三十を迎えた頃の自分が置かれていた状況が蘇ってくるのだった。

劣悪な労働条件下で、屈託した同僚の多い職場に勤めて、彼らを弱者のサンプルとして眺め暮らしていた日々に思いを馳せながら、男とのあいだに木山は一定の距離を保って歩いたが、心的な距離は男に対し感じていなかった。猫背ぎみに、裸足で行くようなそろそろとした足の運びは、かつての自分の摺《す》り足の世過ぎそのままだと思った。そんなあからさまな煩悶を、公の場に持ちこまなくても、と、離れ歩く木山の耳にさえ届く男の深い溜め息に、なかばは呆れ、なかば同情していると、美術館の前の通りに差しかかったが、そこの駐輪場に灰皿があるのを知ってか知らずか、男は素通りしていった。

散歩日和《びより》ですね、へえ、この近くにお住まいで、どうです一本、と、ここに烟《けむ》りの友情が生まれ、ニコチンが取り持つ相摺《あいずり》の縁から、夜が酒になる、そうなることも可能な今日の俺だったのにと、青空を背に負い、黄色みが増して見える公孫樹《いちょう》を木山は眺めて思った。それが自分とほど遠い存在だとわかると味気なさもひとしおで、美術館の裏門のあたりで男が走り出したのを、茫然と見送っているばかりだったが、すぐに駆け出して、男のあとを追い、門内に入った。

低い植込みのあいだに延びる庭園の小道を、男を捜してしばらく歩き回ったが、ふとどこからか、のしかかるような人のざわめきが聞こえ、それがしんとした空気をがらりと変えていくようなのに、何かのっぴきならないものを感じて振り向くと、

（ああ、そうか。旗日《はたび》か）

高い鉄骨の像が、横風を受けて関節を鳴らし踏まえ立つ芝生の上に、中学生か高校生か、とにかく未成年にはちがいないようなグループがいて、愉しげにお喋りをしている。土日の外出には気をつけている木山だったが、どうやら祝日にぶつかったらしく、冴えた陽に映し出されたあちらこちらから人が、幼ない子どもの手を取り歩く若い父親が、身《み》嗜《だしな》みをよくした老夫婦が、赤ん坊を抱えた母親たちが集まってくるのが、木の間《こま》に見え隠れしている。

園内にじわじわと、和やかな人の気が満ちてきて、空は青く、陽の光は明るく、何もかもが目に毒で、木山は夢中で驢馬《ろば》に乗って逃げた。空想の。もちろん。

いつの頃からか、木山は就眠中に歯ぎしりを立てるようになって、共寝する人の顰蹙《ひんしゅく》を買うようになったが、何でも床に就いてしばらくは、寝息の振れ幅にぶれこそ見られるも

ののおとなしいのが、ややあってぎりりとはじまるらしい。夜通し搔き鳴らすこともあるようで、学生時代に、男ばかり四人の顔触れで大分は竹田《たけた》の長湯温泉に宿をとったおりの、明けてその早朝、そろって風呂に浸かっているとぼやかれたのが、これを自覚した最初だった。そのときは笑って詫びたが、罪滅ぼしにと買って出た帰りの運転では、服の裾で何度もぬぐうのに、ハンドルが手汗に空転し、仲間の肝を冷やさしめた。

それからというもの歯ぎしりについて、調べるともなく調べるうち、心理的なストレスが、寝姿勢が、顎の関節の歪《ゆが》みがこれを誘発するらしいと知り、就寝まえに香を焚いてみたり、フォームを俯《うつぶ》せ寝に変えてみたりと、実験的な一時期を持ったが、成果はなく、目が覚めると顎の接ぎ目のあたりに、仄かな痛みが残っている。一人寝で通せば済む話、それなら誰の迷惑にもならないと思いもしたものの、誰かとひとつ部屋にいて、枕を並べて寝なければならなくなるようなことが、人生において案外多いのは、木山も経験的に知っている。

利点もあるだろう、と、この日仙台駅の近くで人と別れて、歩いているとぶつかりそうになった、鉢《はつ》を手に読経する人のそばに立ち、考えてみたが、何も思い当たらない。そのまま暇にあかせて駅構内をぶらついて、ふっと気が向いて、松島海岸へ足を運ぶことになったのだが、その帰途に乗ったＪＲ仙石線の車内でもまた、歯ぎしりがもたらすメリットについての考察の、まるで深まらないのに逆恨み半分、向かいの座席に狸寝入りしている青年を心で睨《ね》めつけた。

松島行きを敢行したのは、見聞を広げるためもあった。新生活をはじめた当初から、寒いのが苦手な木山は、当面は遠出しないと決めていたのだが、あるとき九州から木山の話を聞きに来た奇特な人がいて、その話の中で、宮城の名所について訊かれたものの、ろくすっぽ返答できなかった。このときに感じた負い目から、人と会う以上は、土産話のひとつやふたつ用意しておかなければと思うようになったのだ。

松島はしかし、格別の印象を木山に残さなかった。それと言うのも、駅から少し距離のある西行戻しの松公園や大高森《おおたかもり》はもちろんのこと、円通院《えんつういん》も瑞巌寺《ずいがんじ》も訪れることなく、日本三景の一にも指折られる観光地を木山はあとにしたのだから。じつに行く先々で、むかしの自分を思わせる青年と出くわし、そのつど逃げて回っているうち、いつしか駅に舞いもどっていたのだ。

最初は、海だった。駅を出て、ダンプカーが引きも切らず行き来する国道に臨み、さてどこへ行こうと考えていると、松原のあいだにきらつく海に誘われて、いきおい車道を横断しかけたが、社会人一年目と言いたいような、小ざっぱりとしたスーツすがたの、しかしどことなく世の中をせせら嗤《わら》っているような青年が、向かいの歩道に立っているのが見えたので、海は後回しにして、踵《きびす》をかえした。商家が軒をつらねる道を寺のあるほうへ行くことにしたが、ここでまた先の青年が山門の蔭からぬっとあらわれ、それがこちらへ顔を向けた拍子に目があったようで、回れ右をし、通りにもどった。ならばと松島公園へ行ってみると、またも同じ青年が石の壁を背に突っ立っているのが目に入り、さすがにげんなりし、駅にもどることにしたその途次、牡蠣《かき》殻を模した看板を掲げた食堂の前を通りかかると、そこで魔が差して、戸を引いた。

旧家の土間のような広々とした店内は、かなりの集客を見こめそうなものだが、書き入れ時を過ぎた昼下がりとあってか、がらがらで、奥の小上がりに作務衣《さむえ》を着た女たちが寄り固まって、弁当を使うすがたがあるだけだった。ストーブに近いテーブルに座を占め、生《なま》のものかフライか、それとも焼牡蠣にしようかと、メニューを相手に考えていると、

「ここ、空いてますかね」

忘れかけていた顔が、抜け抜けと向かいの椅子の上に浮かんだ。

なるほど、空いてはいる、しかし別に空けているのではないその空席に青年は腰をおろすなり、言下に生牡蠣を注文した。ここでうっかり同じ料理でも頼もうものなら、当分はこの貝のことが胸をよぎるたび、この顔を思い出すことになりそうで、それが厭《いや》さに、木山は喰いたくもない親子丼をとった。

「尾《つ》けられてたみたいな、そんな感じだね」

鼻の下方まで青年が眼鏡を引きさげて、ちらと目配せをしてきたので、そうやって眼鏡をわざと下にずらし、相対する年長の男たちの反応を見ていたあの頃の自分を木山は思い

出した。うるさ型を見分けるのに手っ取り早いやり方で、俺も試されてるのかな、と思ったが、真意のほどはわからなかった。

「狭い観光地なんかで、よくあるじゃないですか。同じ人と何度も会うっていう」

悪びれずに言い、ぬるい茶を吹いたが、厨房のほうで男の野太い声があがると、ややあって料理が届けられたので、とりあえず木山は箸を割った。生牡蠣の小ぶりなやつが三つ並んだ皿へ、青年は一瞥をくれたなり、何か不満でもあるのか手をつけようとせず、茶ばかりせっせと飲んでいる。意味ありげな仕打ちで、この寒いのにジャケットを脱いで平気らしいのも、何かを示唆しているようで落ち着かず、さあどう出たものかと木山が思案していると、

「土井は無免許で、佐久間には病身の父親が、立花さんは所帯を持ったばかりだっていうんで、お鉢が回ってきたんです」

青年は世迷《よま》い言を並べはじめるのだった。

「歓迎会で、やっとこっちの支店のごたごたを、何かこりこりした刺身をつまんでるとき、まあ感じましたけど」

そうかと頷《うなず》き、これからはしっかりやらなければと、座成りのアドバイスを与えたものの、そのじつ相手が何の話をしているのか、木山には皆目見当がつかないのだった。ただ、自分がもう若くも、それにまだ老いているのでもないということが、何がなしに実感

されて、せっせと丼を掻っこんでいると、たちまち空になった。

「急な転勤に応じるか、応じられないか。あいだを取って、どちらとも言えないって答えたわけです。で、飛ばされましたね。こんな田舎に」

牡蠣は手つかずのまま、午後の空気に干乾び、ぱさついて見える。

「二輪だか五輪だか知らないが」

商都仙台をして田舎とのたまう、大方都落ちでもしたんだろうと当たりをつけて、

「あちらは来年は何かと騒々しいだろ。静かでいいじゃないか、東北」

「海と山に」

と、青年が続ける。

「挟まれてるからか結構暑いと、聞かされてたほど暑くもなくて。八月に冷房なしでいられる日があるなんて、正直驚きでした」

「秋にはほうぼうでいろんな茸《きのこ》が出盛って」

「ワンルームなんですが、ベランダがあります。そこでハーブとか栽培できたらなって、たまに夢想したり」

「公孫樹ばかりじゃない、榎《えのき》なんかも、あれはカロチノイドの色素が目立つんで、ああなるんだな」

無意味には無意味をと、適当に木山も応じていたが、向こうはなかなかやめようとしな

い。

「ずっとドアの開閉役をしてるのに、乗り降りする人、誰ひとり会釈すら寄越さない。異星人ですかね」

「城跡なんかあると、つんけんするのが上品《じょうぼん》と教育されたりね。そのまんま成人すると、そういうのができあがる。笑えば笑えないかね」

と発破《はっぱ》をかけると、青年は視線をさっと宙へ浮かした。

「警備員の職務態度なんか、特に。韓国の警官みたいに尊大で。これじゃあちょっとの外出も、気が引けてしまう」

それはまあ、わかる、と、東北で暮らしはじめ、日に日に興味の対象が、人的な事柄から自然界のほうへと移っていった当時のことを懐かしく思った。気に入った森など見つけると、そこで日がな一日昆虫や植物を相手に過ごしたものだったが、それも降雪の季節を境に、縁遠くなる。氷点を下回る中、バス停までの道を雪氷を踏んで歩いていると、通りかかる家々の窓のカーテンが揺れるので、どうにか人がいるのがわかる、暗い冬だった。

「お先に」

帰りの時間が迫りつつあることを、壁の掛け時計に教えられて木山は席を立ち、勘定を済ませ、道を急いだ。人間《じんかん》至るところ青山《せいざん》あり、とでも言ってやればよかったかと、駅の階段をあがりながら思い、プラットフォームに出てみると、強い磯の匂いを押して電車が

入って来た。車両に乗りこみ、がら空きの座席に腰をおろして、目をつむったが、

(席ならいくらもあるだろうに)

少しして目を開けると、通路を挟んで真向かいの席に、先の青年が座っているのだった。野暮な男だと思ったが、知らぬ仲じゃないと水に流して、再び目を閉じ、歯ぎしりについて何か書けたら、これは歯ぎしりのお蔭ということになる、と前向きになって考えてみたものの、鏡を立てられたようで、どうにも気が散る。と言って席を移るのも面倒なので怺《こら》えていると、東塩釜、本塩釜、多賀城と、電車が西へ進んでいくうち、段々と車内が人で混みあってきて、これにつれて二十代の頃の自分を苦しめ、あるいは救いもしてくれた人たちの影が、目の裏でまずい踊りを踊っては消え、消えてはまたあらわれて踊り出すのを眺めていると、

「着きましたよ、仙台」

車内アナウンス、いや、乗客の誰かが誰かに言ったのが聞こえ、妄想から醒《さ》めた。改札を抜けると駅を離れて、バスプールのほうへと向かい、停留所につうじる階段をおりた。どこからか低い笛の音がするので、何かと空を仰いだら、塒《ねぐら》へ帰る街の鳥たちが高曇りの空に貼りつけられている。予感がし、振りかえった。青年がついてくる。

秋分を過ぎて、もう二カ月にもなるのに、だらしのない。〈御仏前に〉と、白抜きに印

字された紫の幟《のぼり》が戸口にはためいている米穀店で、木山はお萩《はぎ》をひとつ買った。もっともこの店では、ひとつの容器にお萩を六つ詰めたものを、つごうひとつと称して商っていたから、ほんとうは遊びでひとつ喰おうとしたのが、余分を五つ背負う破目になったのは災難と言うべきで、これでは餡《あん》の甘味も糯米《もちごめ》の弾みも一段落ちたものになる。黙って金を払ったが、顔に出てしまっていたようで、ところが店主はこれをどうとったものか売れ残りらしい草餅を紙袋に入れてくるので、やむなくそれも買うことになった。

「おいくらです、それは」

売り台の隅に小ぶりの鏡餅が、床へ落ちかかりながら辛くも留まり、風に飛ばされないように伝票を踏まえているさまの、何かいじらしいのに感心し、探りを入れてみると、

「これはしかし、こうして文鎮の役目を果たしとります」

客が欲しがっているのがわかると、抜け目なく尻込みをして見せるのに、

「そりゃ承知のうえです。困ったな」

木山も腕をこまねいて、それから五分もそこに踏ん張っていただろうか、ガラス戸の隙間から忍び入っていた風がやみ、餅の錘《おも》しとしての地位がぐらついてきたのを見澄ましてから、おもむろに引き戸に指をかけ、帰ろうとして見せると、

「ではあなた、この鏡餅もお買いなさい」

ひるがえって、商い物を始末しようと血眼になるのが木山はおかしくてならない。

「文化包丁なんてのはね、刃毀《はこぼ》れがしていけません。木槌《きづち》に限ります」

餅の解体のこつまで教えてくるので、こういう愛想を心得ているところは、さすがに商人だと、いきおい木槌も買うことにした。頭部に繊細な意匠をほどこされたそれは、磨りガラスに漉《こ》されてくぐもった弱陽を受けて光り、餅などばらすよりは、競売の決着をつけるといった方面に適性があるのではないかと思ったので、そう意見してみると、

「やだな、お客さん。上手いこと言って」

拳を固め、嚇《おど》かしにかかってくるのが片腹痛く、しかしこの場で噴き出そうものなら、おやじの面目は丸潰れだ、と、店をうんと離れ、曲がり角の先の舗道から崖下に切れこんで延びる石の階段のはじまるあたりまで来て、ようやく人心地がついた。

苔生《こけむ》した石段を、濡れた朽ち葉に歩き悩みながらおり、おりきると道を川に出るほうへ歩いていったが、ふと道端の平たい大石に目がとまり、あらたかな霊験なり数奇な因縁なりを秘めた石なのだろうと、紙袋の中から木山は容器を取り出すと、お萩を台座にひとつ供えた。自分もひとつ頬張って、石碑の裏へ回ってみると、馬頭観世音と刻まれた五文字のどぎつさに面喰らい、あたふたしもとの側にもどったが、このとき上着の裾が触れて、石の表面に付着していた泥がこそげ落ち、あらわになった観音図像と目があった。

縁起でもないと、茶を濁す形でお萩を追納し、ご念を入れて裏の台座にもひとつ捧げておいたが、すると裏と表とで供物の数がそろわないのが、どうにも気になる。何か差し障

りがありそうで、しかし木山もお萩は嫌いではないから、残りは袋にしまっておこうと容器の蓋を閉じにかかったが、使い古しをあてがわれたのだろう、輪ゴムは弛《たる》みきっている。そこで二重三重に巻きつけてみると、少しきつすぎたか、ばりばりと容器が音を立てたので、観音に聞かれたのではと恐る恐る見かえったところが、お萩がみんな消えていた。どの口が食べたのか、馬頭のほうと人面のほうと、ふたつ口があるというのは、盗み喰いの犯人を見定めなければならない場合に、なるほど手のかかる造形なのだった。

「喰ったのはお前か。駄目じゃないか」

ごみ置き場の囲いの上に、毛並みの粗い仔猫がいたので、両膝を折り、片方を地につけて、つゅっつゅっと舌で音を出して誘ってみた。ところが、そんな木山を猫は一顧だにせず、つっと背を伸ばしたなり、チェスの駒よろしくかしこまっている。

中の餅に釣られて頭を入れたら、袋詰めにでもできるだろうと、木山は紙袋を地べたに横たえると、口を全開にし、電柱の蔭に身を隠した。ほどなく猫が音もなく着地し、そろそろと袋のほうに近づいてくるのを、軽く興奮し見守っていたが、袋の口まで、あともう五十センチばかりかというところまで来て、猫の瞳が、左と右とで虹彩の色がちがっているのに気がついた。いわゆる金目銀目というやつで、こんな縁起物を生け捕りに、ましてや家に置くなんてできるわけがないと、引っ攫《さら》うように紙袋を拾いあげた。ここで背に何かが跳び乗ってきたのが、火にでも触ったようにはっきりわかり、

「お萩、ご馳走さん」

うら若い声が、ふっと横ざまから聞こえた。

「いやいや、お粗末さま」

泡を喰いながらも木山はその声に応じたが、見れば声の主らしい学ランを着た子どもの靴に餡子がへばりついている。少年が餅を蹴転がすと、それは砂粒をまぶされ、蕨《わらび》餅のようにも見えるのだった。貫禄をつけようと、自分でつけたにちがいない顎の切り傷には、瘡蓋《かさぶた》ができており、そこだけ別の生き物のようだ。垂らした前髪の奥の目は、この先多くのものを映すだろう、そのつど抱く反抗心を悟られないよう、作り笑いを浮かべるようにもなるのだろうが、そうなるまえの、ぎりぎりの十四歳だった。

するとやはりこの子が、と思って見ていると、少年は靴の爪先を石碑に擦《なす》りつけはじめた。そこらに落ちている棒切れか何か、なければこの木槌を突きつけてでも、わけを訊かなければと木山は勇み立ったが、何を話しても無駄だともわかっていた。こんなときに限って巡査なんかが来るからと、気持ちにブレーキをかけ、この件は不問に付すことにした。

「喰い物を粗末にするなよ」

集合住宅の屋上のアンテナに、若い鳶《とび》が羽を休めている。あれがたいらげてくれたら助かるんだ、と、木山は袋を逆さまにし、中の物をぶちまけた。握り締めていた木槌もほうり投げると、これと同じ重さだけ背中が軽くなったので、もって足れりとし、遠く川上に棚引きはじめた靄《もや》に包まれた宿木《やどりぎ》のほうへ、目をあげた。

人里離れた山奥に棲む山椒魚《さんしょううお》の飼育は難しかった。その難しさに、幼い木山が気づくはずもなく、とうとう秩父のキャンプ場から、その両生動物を数匹持ち帰った。一夜明けると、みんな死んでいた。むっちりとふくらんだ死骸を水槽から掬《すく》い出しながら、かすかな腐臭に吐気を催していた。

そんな遠い日のことを思い出したのは、入浴していると湯の揺らぎ加減で、自分の体のある部位が、ふっとそのように見えたことからの連想だが、うっかり日記を読みかえしてしまったせいでもあった。いや、日記というほどのものではない、日々の何やかやを書き残しておくためのノートがあるといったくらいのことで、それも毎日必ずというのではなく、何日か空白が続いたり、同じ一日の出来事が執拗に書きこんであったりと、いい加減なものだった。中身も弱く、ある日など「アメ」とだけ書いて済ませもしているほどだったが、どの日も主情を排するという点、ひそかに心がけていた。

そんなノートを、仕事にひと区切りついた手持ち無沙汰に開いてみたところ、かれこれ二週間おきに、むかしの自分に似た人物と遭遇しており、それが日を経るごとにほとんど同じ年齢分だけ若がえっているらしいとわかると、気持ちに変に張り合いが出てきた。怪異なことに魅了されがちな、そこに何らかの意味を見出そうとしがちな木山ではあったし、それにまたこの日は、あの餅捨ての夕べからかぞえ、きっかり十四日目に当たってい た。今日は早仕舞いだと、風呂を沸かしてよく温まり、浴後は領収証の整理などしておとなしくしていたものの、しかし結局木山は、好奇心に負けた形で、外へ出た。

薄闇が押し迫る中、広瀬川の北の土手道を東へ歩き、道が尽きたところで川を離れて、住宅地を抜け、大通りに出た。寒風に身を縮めながら、今ならあれを飼えるだろうかと、山の水や生餌《なまえ》の確保といった難件について考え考え歩いたが、こんな平日の夕暮れ時にもかかわらず、道に人波ができているのが不審に思えた。なかなかの冷え込みで、ダウンジャケットのボタンを木山は全部とめ、我は風の子とばかりにはしゃぎ回る子どもたちの中に、幼い自分がまぎれていないかよく注意しながら、定禅寺《じょうぜんじ》通りに入ったが、初詣もかくやと思われる人出で、これじゃ会っても気づかずに終わると途方に暮れていると、視界が俄《にわ》かにきらめき渡り、歓呼であたりが騒然となった。

冬のこの街の、この通りにある街路樹が電飾に覆い尽くされるというのを、ここに来て木山は思い出した。いつか写真で見たものと較べ、現実の光景のはるかに見ごたえがあるのに当惑し、木々の枝に輝く光を茫然と見あげるばかりだった。木も熱かろうに、とてもいつもの木山なら思っただろうが、このときはただ息を呑んでいた。道の端の大樹に身を寄せて、幹に光る電球をかぞえるともなくかぞえていると、隣で英語の間投詞が聞こえ、見れば白人の子どもの顔の空へ向いたのが、絵に見る天使めいている。二心《ふたごころ》のない表情で、これだと似ても似つかないと、こぼれた笑みが凩《こがらし》に冷えて、凍りつき、幼児の自分と会うことに気後れを感じてくると、まだちらほらとしか看板の灯っていない歓楽街に逃げこんだ。

若い客引きに袖を引かれつ、これを振り払いつ、路地をさ迷ったあげくが、目についた手近なドアを開いた。L字のカウンターに席が五つばかりの古びたバーで、ただ、照明が蠟燭《ろうそく》の灯りだけで賄《まかな》われており、裸火が揺れ動くのに応じて、物の影が伸び縮みするのが、目を惹くと言えば言えそうだった。何となく気楽で、初めての酒場でときおりするように、バーマンを呼び寄せると、木山はこんな愚にもつかない注文を吹っかけた。

「ゴーヤのエキスに火を入れたみたいな、カクテルの不味《まず》いのを」

すると相手はたいてい、そのようなものはうんぬんと軽蔑の、あるいは憤《いきどお》りの眼差しでもって突っ撥《ば》ねてくるので、それならとお勧めのものを頼むことになるのがつねだったが、この末枯《すが》れた草の穂のような年老いたバーマンは、眉の毛一本動かすことなく、

「かしこまりました」

速やかに酒の調合にかかった。

もとより酒の味など、木山は大してわかっていない。家で廉酒《やすざけ》の数杯も呷《あお》っていれば、それで事足りる部類の酒徒なのである。それをわざわざ酒場でというのは、ひとえに珍奇

な何かと出会いたくてのことで、やがて目の前に置かれた真緑の液体も、馬鹿に苦いなと思いつつも飲み、それなりに満足していたが、ふと角の止まり木に、何か小さい人の輪郭が火影《ほかげ》に揺らめいているのが目にとまると、ひやりとし、背筋を悪寒が走った。

（あの野球帽）

出会いを求め、しかし途中で怖じ気を顫《ふる》い、よもや逃げきったと気を抜いていた矢先の、自身とのこれが対面だった。上体はぽってりと丸く、着ぶくれがして見え、半ズボンから伸びた脚の貧弱さ加減を際立たせている。横向きで見えないが、帽子の正面にはWと、鯨の頭文字があるはずだ、あれを脱《と》ったら、と思わず席を立ちそうになった。

坊主頭にしていたのが、ただ伸びてそうなったふうな、あの髪型を何と言っただろう。そのうちにこちらへぐいと顔を向け、話しかけてくるのはわかっていた。その頃の木山のくせで、どこか行き詰まったようすの大人を見つけると、ところ構わずいろんな問いを投げかけたものだった。

（ああ、長めのスポーツ刈り）

人間というものは概して、利己的で冷たい、何を言われても気に病むことはない、と、肝に銘じている木山ではあったが、老年と幼年の人たちはこれは、別枠のものと考えていた。きっぱりと、まともな、灼けた鏝《こて》のような言葉を思いがけず受け取ったことが、過去に少なからずあった。

小皿に盛られたドライフルーツをつまんだ指が、山椒魚の屍《しかばね》とかさなった。先に口を切らなければやられると、溜まった唾《つば》を呑み、軽く痰《たん》を切り、ホルスターをまさぐるように、腿のあたりを撫で、身構えた。

「なんで生きてるの」

「どうしてこんなところに」

しかし、わずかにだが向こうが、早かった。心持ち木山は身をのけ反らし、手の甲で額の汗をぬぐうと、棚に並んだ酒瓶のラベルに目をやった。ゲール語で、静かな谷、と読める。手もとの物を隅へ寄せ、安全なスペースをつくると木山は、敵に撃ち抜かれ、斃《たお》されたことの表現として、どうとばかり顔からそこに突っ伏して見せた。やがてぱらぱらと、拍のそろわないふた様の拍手が背に落ちてきた。

ブラスト

大小の渦が、中の空白に邪魔され、交わらない。縁は私鉄の地図記号のような、こまかな線で取り囲まれている。その枕木と枕木のあいだに、木山は顔を近づけてみたが、砂利も砕石もそこには認められなかった。

「こむな夜か、またもあろうか、ドアに靴跡」

共用廊下の電灯の光を浴びて、ドアの前にしゃがみこんでいる木山の口をついて出たのは、こんな発句ともつかない嘆息だった。手を膝に置き、腕を突っぱらせ、その場に立ちあがると木山は階段をおりて、アパートの正面玄関に立った。郵便箱のつまみに指をあてがうと、まずはダイアルを6に、次いでまた6に、最後に左に逆回転させて9の位置で止め、つまみを引いたが、開かなかった。

いつものことなのである。一発で成功したことなどこれまでなかったが、一度の失敗で諦めをつけたのも、思えばこの三月《みつき》のかんで初めてだった。日常のつまらない罠に心が騒ぐ、これはよくない兆候で、夜目にもどぎつかったあのドアの靴跡、誰がつけたんだろうと首をひねりながら、夜道を歩いた。

一月も末の寒い晩に、こうして外へ出なければならなくなったのは、酒を切らしていることに気づいたからで、明日の上京の戦勝祈願にかこつけて、ひとつ山廃のいいところを、と、玄関を出て酒屋のおやじの顔を思い浮かべていると、照明の灯りに浮き彫りになった汚れを見つけたのだった。

ドアの下のあたりに白くこびりついていたそれが、靴底の形をした土だとは、しゃがむとすぐにわかったが、自分で擦《なす》った覚えはなかった。それで宅配業者か、何かの勧誘で来た人間の仕業だと割り出してはみたものの、どちらも無理があるように思えた。と言うのも、木山の手のひらは、これを目一杯に広げると、親指の先から小指の先まで約二十センチの長さになるのだが、それを下回るサイズの靴跡だったからである。

そんな小足の男はざらにいるもんじゃない、子どもがやったのだとして、何のまねだろうと考えながら歩いていると、路地の先にある鰻屋の、焦げたタレの匂いが立ち迷う角のあたりまで来て、消防車に行く手を阻まれた。仕方なく立ち止まり、その長い車体を鰻に見立てて、行き過ぎるのを待っていると、ああそうか、あれか、とひらめいた顔に笑みが浮かんで、緊張がほどけた。

松の内が明け、その松がとれて、さらに数日が過ぎたある夜更けのことだった。木山が寝支度をしていると、重たい電気的な音が鳴った。隣家と接する壁のあちら側がその音源で、どうやらビデオゲームでもやりはじめたものらしく、その種の機器が立てるような音である。耳に栓を詰め、しかしその夜は空が白みはじめるまで、まんじりともできずに過ごしたが、翌日もまた深夜になると、それが轟いた。それでその翌くる日、木山は管理会社にかくかくしかじかの苦情を入れたのだった。

つまりは自打球か、と、以来ぱったり音がしなくなっていたのを今さらのように思い出し、突き詰めてみればあの足跡は、自分でつけたようなものだと気づくと味気ない思いがしたが、そんな人間的な反応を隣人が示したことに対しては、何か満更でもない気がする木山ではあった。

このアパートに入居して三カ月、隣人のすがたを木山は何度か見たことがあった。ざんぶと白髪《しらが》染めをでもかぶったような、じくじくと暗い中年の女で、それでも勤め人らしくスーツを着ていることが多かったが、どういうわけかそれがだぶだぶで、Sでも余るのにXLを着せられているといった不体裁なのである。ある日など木山は、女がトイレットペーパーの大袋を抱え歩くところを見かけたが、ほとんどそれが二人連れに見えたものだ。

ごみ出しなどで鉢合わせすると、どうも、とひと言、あるいは会釈だけ交わせば済むようなところを、女は、すみません、と言う。木山が軽く目礼すると、突っ掛けみたいに使うからだろう、踵《かかと》の潰れたスニーカー履きの足をもつれさせ、そそくさと巣に逃げ帰る。そのようすには、見る側の侮《あなど》りをあおる一方で、どことなく悲しげなものがあり、南米やオーストラリアに見られるような、何かもそもそと地を這い暮らす小動物を連想させた。見るたび勝手に、長い人生を渡っていけるだろうかと、漠然と行く末を案じていたところの、今夜の彼女の靴跡だった。

　車道を横断して少し歩くと、町の規模に不釣り合いな大きな鳥居が見えてきた。こんな時間でもどうにか赤いとわかるその大鳥居の下に立ち、奥の暗がりにある二之鳥居のほうへ目を向けると、

（あれで案外タフなんだ）

　遠目に定かではないが、何か白っぽい人影が石の灯籠《とうろう》の下にうずくまっている。おそらくは老婆で、まえに何度か、いずれも夜のことだったが、彼女がそこで野良猫に餌をやっているのを木山は見たことがあった。

　酒屋に入ると、先週も閉店ぎりぎりに来たことを、店の小僧にからかわれた。一升瓶が入った袋を手に提げて、店の外に出ると、さて何を書いたものやらと、またもふらふらと体が鳥居のもとへ吸い寄せられた。袋の口から突き出た瓶の首を、何となく摑んだその冷たさに、明日からまた家を空けるのに、こんな大瓶の栓を抜くことはない、四合瓶にすればよかったと思った。

「月に雁《かり》」

　呟いた唇が寒風にかさつき、一月の下旬のこの町の、この時間帯に、月はどのあたりに

出るものだろうと思わず顔が南天へ向いたが、どこにも何もなく、空かと思い見ていたそれが、黒雲で、ただ弱い星が破れ目にぱらぱら出ているきりなのである。

前回の東京出張は、大寒のまさに翌日のことで、寒波が押し寄せる中の、曇り日の午前の出立《しゅったつ》になった。丸の内にあるビルの一室で講演会があり、これに出演するために向かったのだった。上京に際してはいつも上野駅で下車し、そこから各所へ赴くのがならいの木山だったが、その日は会場の場所柄、また主催側の厚意で大手町筋に一夜の宿が用意されていたこともあって、東京駅で降りた。

正業に従事しているのらしい、確かな足並みで歩く人の群れをのがれて、日本橋口から外へ出ると、会場のビルが見えた。くだんの大鳥居などおよぶべくもない巨大な建造物で、この中で自分が何か喋るかと思うと、身顫《みぶる》いが出るようだった。開演に先立ち、打ち合わせの時間を持ちたいということで、五時をめどに来るように言われていたが、まだ三時まえだったので、地図を頼りに、高架下を抜けた橋のたもとにあるビジネスホテルに行ってみることにした。

すっかり俺も東北人だなと、背後から剝ぎ取り、品質表示のタグを検めなくても、カシミア製とわかる光沢のあるコートの裾がひるがえる大手町界隈を歩きながら思った。一月というので警戒していたビル風は、嘘のように寒くも感じられず、薄い毛のコートの前をはだけて一向に平気な木山だった。

冬の陽は落ちかかり、黄色くなりかけていたが、まだ仄かなぬくみをつたえてはいた。その熱のせいか、心なしかふやけて見える自動ドアから中へ入ると、フロントで宿泊手続きを済ませ、しかし部屋には入らず、行きがけに見た丸ノ内線の出口までもどると、地下鉄に乗り、銀座駅で降りた。八丁目くんだりまで文庫地図を頼みに歩き、玩具《おもちゃ》の小売店を訪ねたのだが、これは来月で四歳になる友人の娘の贈り物に、何か特別な品が見つかるのではと思ったからだった。

思いがけず長居をし、来た道をそのまま大手町まで引きかえすと、急ぎ足に歩き、五時になる寸前に、どうにか会場に着いた。エスカレーターを小走りにあがると、そののぼりきったところの隅のドアロに、まえに仕事で会ったことのある人が立っていた。

関係者が一室に会し、会の進行の確認や内輪のお喋りや何やかやとあり、これに気を取られているうち、開演となった。公開対談と銘打たれたイベントで、相手が世馴れした人だったこともあって、木山の肩に荷は何もなく、懸念していた抑鬱の発症もなく、閉演後の会食も無事終わり、すでに十時を過ぎて暗くなっていた路上で人々と別れ、夜道をひとりホテルへ向かい歩いた。

さすがに肌寒く感じたが、人並みに振る舞うことができた安堵に、足取りも軽く、ホテルに帰ると、エレベーターのボタンを押した。

た。

「よう、木山」

人疲れのうちに放心し、エレベーターがおりてくるのを待っていると、嗄《かす》れた、しかしよく通る声で呼びかけられた。振りかえり、木山はその声をかけてきた人物の、男を見るときについ出るくせで、まず靴を、次いで口もとを見た。靴か歯の、どちらかでもぴかぴか光らせているような男を、木山は何となく信用できないのだったが、その男の靴は、それに歯のほうも、汚れているというのではなかったものの、眩しく光るほどではなかった。

誰なのかわからず、しかしその細く切れあがった目を見ているうちに、ひとつの諒解があって、碇《いかり》か、と、誰にも聞こえないような小声で呟いた。

もうふた昔もまえに、福岡市の歓楽街で、木山はこの男と知りあったのだった。自分を変えるのに手っ取り早い、何か事件のようなものを求めて、夜の街を歩いていると、川べりの柳の木の下に、畳一畳ほどの蓆《むしろ》を広げて碇が座っていた。招《よ》ばれて木山が端に座ると、碇は鉛筆を走らせ、やがて故意に歪《ゆが》められたような筆致の木山の似顔絵ができあがった。十八を迎える直前の秋のことで、それからというもの、予備校の帰りなどに立ち寄るようになったが、これが四月になって木山が市内の大学に進学すると、毎日のように会うようになった。

「お前とまた飲めるとはね。人生捨てたもんじゃないよな」

木山も同じ思いだったが、薄い焼酎の水割りとは言え、自分が飲んでいるのがとにかく酒なのに対して、相手がウーロン茶を飲んでいるというのが何か物足りなかった。

「気がつかなかったな」

「お前の背中、見ながら喰ってた感じだよ」

イベントの終演後に、関係者と近くの料理屋へ流れていった木山を追って、そこで飯を済ませたのだという。

神田駅西口商店街の、地下におりたところにある居酒屋の、若いサラリーマンで混みあう一隅にふたりは座っていた。多摩のほうに住んでいるということのほかには、仕事について、また家庭のことなどについても碇は話そうとせず、それで話はしぜん講演のことに移ったが、木山には自分が壇上にあった実感がなく、ただ、最後に司会者から受けた好きな作家はとの問いに、何とも答えられなかったことだけをどうしてか覚えていた。

どこかで怒声に似た歓声があがり、弾みをつけられると、むかしの話に立ちかえったが、お前の書く物、みんな読んでるぜ、などと碇に言われると、木山は酔いが醒《さ》める気がした。金を稼ぐのでも、画力を磨くためでもなく、碇は路傍で絵を描いていた。言葉や行動は、人間どうにでもごまかしがきく、顔で判断するしかないというのが、当時の碇の口ぐせだった。文芸の話は避けたかった。

話を変えようと木山は、碇が当時住んでいた部屋のことを持ち出した。古い密集市街地にあってなお目を瞠《みは》りたくなるような、寂れたアパートだった。木造二階建ての、その一階部分の居住者には、それぞれ独立した玄関が与えられているのが、二階へは階下にただひとつある玄関口で靴を脱ぎ、階段をあがっていく。便所も風呂もない六畳一間で、どこからやって来るのか、職業不詳、住所不明といった、いずれも二十代くらいの男女がそこで戦わす芸術談義のようなものを、隅で木山も聴いていた。

「夏なんかどうしてたんだよ。虫、凄かったろ」

電気や水道が止められていたのは、わけがあってのことだろうし、畳表がささくれていたのも別段不自然なことではないとして、当時から木山には不可解で、しかし何となく訊けずにいたのは、部屋の窓枠にガラス窓が嵌《は》まっていなかったことだった。

「どれも短い話で、そこはいかにもお前だな」

こちらはしかし、碇が避けたい話題なのか、やんわりと逸《そ》らされた。

「エッセイなんかも、ぼつぼつ書いてるみたいだな」

ところが六月のある晩に、木山がその集まりに顔を出してみると、二階につうじる玄関口が封鎖されていたのだった。窓へ声をかけても返事はなく、例の柳の下へ行き、夜通し待ってみたが、とうとう碇はすがたを見せなかった。中洲地区では、那珂《なか》川沿いの風景に、碇がこだわっていることは知っていた。それでその川が博多川と分岐する南の端から、再びふたつが合流する北の地点にかけて歩いてみたが、見つけられなかった。

あれから二十数年ぶりの再会で、木山は飲み明かしてもよかったが、これから車で大阪まで行かなければならないとかで、それぞれ二、三杯も飲んだら別れの時間になっていた。

商店街を出たところの路地で碇と別れ、オフィスビルやマンションが並ぶ通りを三叉路のほうへ抜け、そこで信号を渡り、ホテルに帰った。コートを吊るし、淡く酔いの出た顔をタオルでぬぐうと、あれが竜閑橋《りゅうかんばし》の交差点、するとあのあたりが鎌倉河岸かと、地図を相手に夜景を眺めた。

どんな文章でもいいと、別れぎわに碇は銀行封筒を木山に握らせてきたのだった。千円札が二十枚入っており、これで八百字書くというのは、何か貰いすぎのようで気が引けたが、もとより額の問題ではなかった。

「頼むよ。原稿用紙に。お前の手書きで」

碇は弱ったような声を出していた。

エレベーターを降りて、フロントにつうじるベルトパーテーションのあいだに並ぶと、巨漢の白人と、その連れの東南アジア系らしい女が従業員に喰ってかかっているのをよそに、さて何を書こうかと考えをめぐらせた。

（読書感想文にでも逃げるか）

そうしながらも耳は、目の前の対話に向けられており、その洩《も》れ聞こえたところでは、どうやら何かの手違いで、ふたりは予約したのとはちがう部屋をあてがわれたのらしかった。変更を求めているらしいのだが、ホテル側のつごうでそれができないらしい。激しく詰め寄られている従業員と、ちらと目があったところで、木山は奥のフロントに通された。

チェックアウトを終えて街路に出ると、一泊二日と短い滞在でうつろに軽いバッグを肩に、昨夜碇に連れていかれたあたりまで歩き、目についた蕎麦屋に入った。笊《ざる》を二枚食べるとそれで落ち着いて、冬の陽射しのもとでしんと安らいで見える商店街をぶらついた。宿は朝食付きのプランだったのだが、ブルックリンスタイルだとかいう小洒落た食堂で、どうにも足を踏み入れる気がしなかったのである。

神田駅を東口のほうへ抜け、高架下の煙草屋に寄った。今の心情にあいそうな煙草を買って気分転換を図ろうというわけで、箱の白っぽさにか、七つ星の縁起にあやかりたかったのかはいざ知らず、セブンスターを買うと、近くの喫煙所の階段をあがり、その咥《くわ》えた先に点火した。索然として、烟《けむ》りの中に立ち迷ったが、ここでドアが開いて、若い女が入ってきたので、これと入れ替わりに木山は退室した。見たところ監視カメラの一台もないこんな小部屋で、女に騒がれたりしたらひと溜まりもないとの判断からだった。

商店街を抜けると、電柱の町名板を頼りに歩き出したが、北へ進むにつれて道の幅が広がってきて、目くるめくものを感じて足を止めたのは、橋の上だった。次の上京の予定を碇に訊かれ、馬鹿正直に答えたそれが、締切日になった。八日後の木曜に木山は再度上京し、三日ほど滞在することになっていた。それでその最終日の土曜に上野で、用事で来られないという碇に代わって彼の妻に原稿を手渡す約束になった。

そよとも動かない水に目を落とし、この川の印象でも箇条書きで書くか、と、思わず易きに流れかけたが、行分けの多用に顔をしかめるだろう依頼主を思うと、それもためらわれた。橋を離れて、神田のいわゆる電気街を貫く目抜き通りを、

（電気の世界を駆けめぐり）

関東の町に住んでいた少年時代に、テレビコマーシャルでよく流れていたのがこびりつき、今も消えやらぬ小唄を道連れに歩いていると、その道がかくんと妙な角度で傾きはじめ、御徒町あたりまで出てしまったことに気づいたので、道を少し引きかえし、約束の喫茶店へ急いだ。

「半年ぶりというところですか。元気にしてましたか」

店に入ると、窓ぎわの席にいた城戸さんが、何かを味わうような目をあげて言った。

自分の親の世代にも当たるこの人を、木山は二年ほどまえに、知人を介して知った。ある昆虫についての小説を書きあぐねていると、どこかで口にしたところ、後日引きあわされたのがこの城戸さんだった。初回は紹介者を交えての面会だったが、その後は直接連絡

を入れてふたりで会った。西新井の、また大井町の、と、城戸さんが対話の場所に指定する喫茶店は、いつも木山の宿泊先に近い立地にあって、こんなことからも、木山はこの年長の人の気遣いを感じていた。

「ゼロから一をでっちあげて、百で売るみたいな。そんな感じですかね」

二回目に会ったとき、木山は作家という職業について尋ねられ、こんなふうに答えたのだった。これはと感じた人を前にすると木山はいつも、相手が気分を害しそうな台詞《せりふ》をわざと口にしてしまう。その反応から、相手の度量の大きさを測ろうという、四十男にふさわしくもない甘えたくせで、しかし城戸さんはそのとき、

「でっちあげ、それに売るだなんて了見はよくない。それをまず捨てないと」

労わるような口ぶりで言った。これに気を許し、以来たびたび木山のほうから面会を求めるようになったのだが、この日はいつもの雑談のまえに、旅程を組まなければならなかった。ただ、事前にメールでやりとりを交わしていた甲斐あって、話は思いのほかすらすらと、七月に栃木の某山村で、城戸さんが懇意にしている農家を根城に昆虫採集をすることにまとまり、あとはいつもの雑談になった。

紹介者と城戸さんとは大学の同窓で、卒業後は同じ会社に就職したが、ほどなく家業を継ぐために城戸さんは会社を辞め、それからは三十余年、亀戸で総菜の店を商っている。苦労人らしい、いい顔で笑う、それで木山は城戸さんと別れてしばらく経っても、その熱

が冷めやらずにいたが、一点の曇りになったのは、昨年末に中国で発生したという新型のウイルスの話で、世間と没交渉的な暮らしをしていた木山にはそれが初耳だった。

「香港の感染者が、横浜発着の周遊船に乗船していたことがわかったそうです。今後は国内でも警戒が強まるでしょうね」

一升瓶が入った袋を左手に持ち替え、コインランドリーの前を通りかかると、中で椅子にかけていた人と目があったが、それが隣の部屋の住人ではないこと、いやそれ以上に、女でさえなかったことに気づいたのは、アパートの敷地の駐車場に着いたときだった。

三階の窓を見あげると、室内灯の明るみの中に、人の形をした影が立っている。木山が手を振って見せると、後退《あとずさ》ったのか人影は霞《かす》み、ひと回りほど小さくなって、カーテンが引かれた。


音大を出たものの、音楽に縁のない仕事に就いていた人が、人に頼まれて演奏を指導するようになった、こういう場合に、彼がその役を引き受けた理由は何だろう。いろいろな事情が考えられ、何かまとまった話に展開できそうな感触があったので、アパートから仙台駅までのバス移動のかん、木山はひたすらこれを追っていた。報恩が鍵になるんじゃないか、自分の人生を豊かなものにしてくれた音楽に、音楽で何かかえしたい、そういう思いがあったんじゃないか。

一時過ぎに上野に着き、山手線で新宿へ向かった。南口を出て、晴れた冬の陽が注ぐ歩道を人混みにまぎれてくだっていった。坂の尽きるあたりまで来て、街区を截然《せつぜん》と区切っている太い淵のような車道にぶつかると、その向こうの岸に、今日から二泊世話になる宿の看板が見えたが、まだ入室可能な時刻ではなかった。それで偶然見かけた神社で先延ばしにしていた初詣を済ませると、裏町へ出て、刻み海苔の代わりにパクチーを散らした妙な盛り蕎麦を喰った。

宿のほうへ引きかえし、フロントで部屋の鍵を受け取ると、まだ手をつけていない碇のための原稿の、せめて見取り図ぐらいは作っておこうと机に向かった。鉛筆を削り、その尖った先を見つめたり、引っかかるものが出てくると書きつけてみたりしていたが、スタンドの灯りに頼らないことには文字が見えにくくなってきたあたりで、ざっと身繕《みづくろ》いをして、外へ出た。

夜の気配が滲み出し、青っぽくなった歩道をつたい、とあるビルの中に入った。そこの九階で、木山は旧知の人たちと会い、三時間余りを過ごしたあとで、再び街路へ出た。何か濃密な、それでいて小ざっぱりと乾いた空気で、信号を渡り、苦労して見つけた居酒屋の戸を引くと、手前の席にいた安田が気づいて、手をあげた。

「腹減ってたんで、これ喰ってたら、お、来たって感じですよ」

焼き飯の皿を箸の先で指すと、安田は店員を呼び、緑茶ハイのお代わりと併せて木山の飲み物を注文した。

　十年ほどまえのある冬の日、深川の焼き鳥屋で木山が人を待っていると、隣で男が店の女将さんを相手に話すのが聞こえた。どんなうさ晴らしがいちばん効くかという話で、何となく聞き入っているうち、男に一杯奢《おご》られて、それでそこからはふたりで話の続きをすることになった。これが安田との付き合いの始まりで、そのとき安田はスポーツ観戦がいいと言い、木山は木山で、公園の砂遊びの跡やタギングといった、無償の作品を見て気をまぎらしていると話した。何となく呼吸があって、連絡を取りあうようになったが、加えて木山は、この男と小説について話すのが好きだった。本などあまり手に取ることのなかった男で、しかし安田は、小説の話に関心を示した。それで乞われるままにさまざまな文学作品を勧めてきたのだが、再会すると安田はたいがいそれを読んでいた。そのストレートな感想を聞くのが木山は愉しみで、ところがこの日の安田はどこかうわの空で、話題をそちらへ持っていっても、今ひとつ乗って来ない。木場に生まれ育ち、今も住んでいるというこの男にとっての東京は東部で、飲むのはもっぱら江東区や墨田区、台東区などにある店だった。

「新宿じゃないほうがよかったかな」

　と言ってみると、

「いや、この街はいい。俺は好きですよ」

五反田あたりが限界で、あまり西に行くと東京にいる気がしない、自分がよそ者に感じると、まえに安田がこぼしていたのを思い出したのだ。

「木山さんって、いくつでしたっけ」

「四十二になるけど」

「結婚しないんですか」

面喰らい、しかし顔には出さなかったつもりで、してもしなくても後悔するってねうんぬんとうやむやに答えたものの、安田は真剣な表情である。そこで木山は、何かを共同で営む、育む、実らせることに苦手意識があると白状したが、せっせと箸を動かしながらも、安田が熱心に聞いているのがつたわってくるのに、終着点を見失った形ではあった。

「四ツ谷駅、わかりますかね。ＪＲの」

「わかるよ」

「赤坂口の改札を出たところで、一時にどうですか」

いつ帰るかと言うので、明後日の午後だと答えると、明日の予定を突っこんで訊かれた。打ち合わせが一件あるだけで、ただ木山としては、そのほかの時間を碇に渡す原稿を書くのに充《あ》てるつもりだったので、少しためらったが、承知した。喰わせたい蕎麦があるのだという。

肌を刺す外気に、安田はしかし酔い心地なのか、木山が泊まる宿を見たいと言い出したので、通りを横断し、指差して教えた。そこここに瞬《また》く街の灯に目が疲れ、地下道へおりていく安田の背中に目を移すと、着こんだジャンパーのバックプリントの上に、光の残像が散った。ドレスを着た骸骨の写真で、その眼球のない目が、どこか空《くう》を見ている。立ち去りかけて、もう一度見ようと振りかえってみたものの、安田はもういなかった。歩くのが速い男なのである。

ぽっかり口を開いた穴の底に、誰がほうったかペットボトルが転がって、そこに幽閉され、今も生きているとか聞いた、象の身が偲ばれた。上京二日目にして、早くも自然物が恋しくなってきていた木山は、コンクリートに垂れさがる枯蔦《かれづた》や窪地に生えた雑草の緑に気を惹かれがちになっていた。

(どこでも、かしこでも、どんちゃん騒ぎだ)

大学生らしい集団が改札から出てきて、それが別の改札から出てきた一群と、柱の手前にからりと空いたあたりであわさり、わっと声をあげ、流れていった。たしか遠寄せというんだったかと、歌舞伎の戦乱の一場に鳴らされるその音を思い出そうとして、どうした弾みでか、昨夜居酒屋で隣りあわせた女の顔が、こちらは克明に、一種の肉感さえ伴い立ち昇ってきた。

日本人離れのした、ダブル、いや、もっとかもしれない、あるいは、と、いつか何かの席で会った、これはまた別の女の顔が想起され、その肩にでも触れたような思いにたじろいだ。穴底は半分が影に覆われていて、もう半分は陽に冴えて明るい。次の一打に備え腕を構えたシンバル奏者と見えなくもない街灯の影と、木山の影とのあいだに、もうひとつ影が映りこんできて、木山さんですよね、とその影が言った。

「義兄《あに》が仕事で行かれなくなって、代わりに来たんです」

「あ、蕎麦」

「私も初めてなんですけど、お店の場所、ちゃんと聞いてますから」

束ねた黒髪を、女は胸もとに垂らしている。安田の奥さんの妹だそうで、姉の旧姓ぐらい話に出ていると思ったのか、女は下の名前を名乗ったが、木山にはそれがレイ子と、片仮名を思わす感じに聞こえた。

大学の校舎の塀と低い土手のあいだに延びる道を折れると、そこからは長い下り坂になった。コートの裾から覗くジーンズは、木山が穿いているものより青みが薄く、足の運びようによっては白く見え落ち着かなかったが、しかしこのぎこちない道中、ふたりは黙りこくっているのではなかった。

東京の印象を尋ねられ、蕎麦の量が少ないですねと迂闊《うかつ》に答えて、しかしすぐに、千葉に住んでいた幼時はせいぜい浅草か上野、埼玉に住んでいた少年時代は池袋だけが東京で、ほかはまるで知らないとつけ加えた。葛飾の生まれで、今も実家の近くに住んでいる、勤め先も葛飾にあるから、自分も東京のことはほとんど知らないというふうなことをレイ子は言った。また、最近読んだ小説で面白かったのは何かと言うので、何の気もなしに、半月ほどまえに本邦初の訳出で出た、あるイギリスの作家の作品を挙げたところが、彼女はこれを原書で読んでいた。まったくこの街では、思わぬ場所で、思わぬ人から、思いがけないことを聞かされる、と、舌を巻くような思いでいると、細い車通りの向こうに目指す店があると言うので、車が途切れた隙を見て、駆け足で道を渡った。

時代劇で見る旅籠《はたご》のような構えの店で、なるほど美味《うま》い蕎麦を出しそうだったが、引き戸の格子に臨時休業とあったのがどうにもばつが悪く、苦笑にまぎらせていると、

「このあとの予定、訊いてもいいですか」

何か意を決したような顔をあげて、レイ子が見ている。

「向島に、よく行くお蕎麦屋があるんです。ここからだと、少し遠いんですけど」

「いえじつは二時に、神保町で、人と会う用事が」

ほんとうは四時だった。咄嗟《とっさ》にこんな嘘をついたのは、そんな遠くまで蕎麦など喰いに出たくないからというのではなかった。向島というのがどこにあるのか、そもそも知らない木山である。思わぬ事の成り行きの連続に、そろそろと木山は居たたまれなさを感じていたので、むしろ歓迎すべき蕎麦屋の私情の介入だった。

「たしか、こっちだったと思います」

それではこの近くで何か、となるか、一時に約束をしておきながら、その一時間後に次の用事を入れていることの不実をでも詰《なじ》られるかと思っていると、考え深げにレイ子は頷《うなず》き、どんどんと遠ざかっていく。あとを追い木山も、道を左に右にいくつか折れて、小路を抜けると、

「あすこにメトロのマーク、見えるでしょう」

ようやくレイ子は足を止め、歩道の数メートル先を指差して言った。

「神保町まで、すぐですから」

（大丈夫、まにあいます）

乗降口のそばの空席に座り、しかしものの五分程度の乗車時間で、電車を降りると、まじめに請けあった女の顔がふっとよぎり、別の世界に遊んだような木山だったが、なおも余る時間を潰すのには、古書店街に行くしかなさそうだった。

初めてこの街に足を踏み入れたときには、木山はほとんど熱狂し、多くの書籍を買いこんだものだったが、今では本というものにさほど動かされなくなっていた。この二年余りのあいだに、じつにさまざまな部類の読書家に引きあわされたが、木山にはその大半が、何か冷淡な、いびつな自意識の持ち主に思えた。読書と縁の薄い人たちとの交流のほうに、却って文学的な感化を受けることが多かった。

（そう、この感じ。本を愛《め》で）

二階に喫煙スペースが設けられているのがありがたく、この街に来るとまず足を向ける店に行き、奥の文庫の棚の前に立っていると、五十年輩の男が木山の体を、はっきりそれとは感知できないような、卑小な力で押し除けてきた。

(自分の口にあわないものすべてを、薄く憎む感じ。趣味人)

店を出て路地の角へ行き、そこに野ざらしにされていた棚から雑誌を引き抜き、ぱらぱらと斜め読みをしたり、そのあたりの書店を見て回ったりしているうち、約束の時間が近づいてきたので、そこのビルの中へ入り、受付に面会票を提出した。

小一時間ほどそこにいて、用談が済むと、ビルを出たところの歩道で木山は街頭アンケートの記入を求められた。差し出された用紙は暮れ色にくすんで、どこか生き物めいて見えた。

「書いてくれた人、初めてですよ。どうなってんですかね、この街の人」

「ほんとにね」

ぺこぺこと頭をさげる若者をあとに残し、交差点を横断すると、人通りの多い街路を歩いて、本が詰まったカートに群がる人々の後ろを通り過ぎ、地下鉄の階段をおりていった。新宿線というのにどこから乗ればいいのかわからず、地下道をうろうろしていると、段々と周囲のざわめきが、どこか遠い彼方へ退《ひ》いていくようなのが、不思議と言えば不思議だった。

（船酔いする船乗り。これはまあ、仕方ない）

フロントからの呼び出しで目が覚め、急ぎ身支度を整えると、所持品一式をバッグにしまい、机上のコニャックのフラスコ瓶を手に取った。黒に近い緑の色ガラスで、中身が残っているかどうか、窓明かりに透かしてみたが、わからなかった。

（でも船の整備を怠るようじゃ）

と、屑籠に手を入れ、中の原稿用紙を救い出し、皺を伸ばしていると思ったが、これには昨日のアンケートで、職業欄に求職中と書いてみたことがひと役買っているらしかった。

宿を出ると気まかせに御苑のほうへ行き、寺の塀を過ぎたあたりで通りにもどり、地下鉄に乗った。銀座駅で降りて、指定された出口から地上に出ると、そこにいた待ち合わせの相手と近くの店で昼食を摂った。一時間ほどしてその人と別れると、有楽町駅まで木山は歩き、山手線で上野へ向かった。

上野は木山は、都心では比較的馴染みのある街で、気に入りの喫茶店をいくつか持っていた。どれも六丁目筋にあったが、今回木山が原稿の受け渡し場所に指定したのは、中ではいちばん静かな店だった。席は八割方埋まっていたが、女の一人客はいないようで、入口に近い席を択《えら》んで、腰をおろした。

昨夜はふと思いつき、碇という男の生い立ちを、想像で書いた。酒を飲みながら原稿を書いたのも、推敲をしなかったのも初めてなら、自信のない漢字を携帯電話で調べたというのもかつてないことで、異例ずくめの執筆になった。

コーヒーのお代わりを注文しようと手をあげたとき、からんとドアベルが鳴った。見ればグレーのタイトスカートのスーツを着た四十恰好の女が、ドアマットを踏まえて立っている。襟無しのジャケットの下に着込んだ衣類の色が、肩に羽織ったコートの色とほどよく釣りあっているようで、ちらちらと見ていると、

「ごめんなさい、お待たせしちゃって」

女がつと歩み出て、碇の妻です、と向かいの席に座ったので、木山は居住まいを正した。彼女はロイヤルミルクティーをとると、テーブルの端に目をとめて、それ、原稿でしょう、と封筒に手を伸ばしてきた。

「今、読みますか」

その糊づけしていない口に手を入れて、中の原稿用紙を抜き出すのを見て、気まずさに耐えかねて木山が顔を伏せていると、注文した飲み物も来ないうちに、どうやら中身をすっかり読んでしまったようだった。

遅刻したからというので向こうが勘定を持ち、店を出て人通りの多い街路に立って、さてお別れという段になり、

「源泉徴収、くれぐれも抜かるなと、碇におつたえください」

木山が言付けを頼むと、心持ち相手は目を丸くし、ああ、もう無理、と忍び笑いを洩らした。訝《いぶか》しみ木山が見ているそばで、まずはコートを、次いでジャケットを脱ぎ、セーターの袖もまくってしまうと、仔細ありげに片眉を吊りあげた。

「つかさか」

木山が言うと、

「ああ、おっかし」

肩で息をして、呟いた。

二十数年まえの、あの会合で知った顔のうち、碇のほかにもうひとり、木山が打ち解けることができた少女だった。中国地方のどのあたりからだったか家出して来て、中洲を徘徊していたところを花屋に拾われ、そこで売り子として働いていた、そんなことを卒然と木山は思い出したが、何にせよ忘れがたいのは、彼女の左上腕にある火ぶくれの痕、いわゆる根性焼きで、それはこの多賀谷《たがや》つかさという存在と、ほとんど不可分なものとして記憶されていた。

「なんで黙ってたんだよ」

「源泉徴収で吹いちゃった。あんたらしいわ」

わかってみれば、その口ぶりから何からつかさその人だった。会社にもどらなければならないというので見送りに、パンダ橋口につうじるエスカレーターに乗った。陸橋に出ると、さっと渡る風に足が止まって、後ろでつかさが、だけど恭二《きょうじ》はね、と言うのが聞こえた。

「裕福な家の子なんだよね。そんなに人間嫌いでもないかな」

あれは碇が中洲に来るまえにつるんでいた男が、不法占拠の形で一時期住んでいた、取り壊しを待って放置されていたアパートで、住居は別にあったのだという。

「だけど孤児《みなしご》っていうのは当たってるかも。あれからあの人、勘当されて。身内っていったら私ぐらいなもんだから」

「それじゃ、碇、あいつは」

どこから来たんだ、何者なんだ、どこへ行くんだ、と、ここで堰《せき》が切れて、大人げもなく木山がまくし立てると、つかさは笑って、

「そのうちまた東京来るんでしょ。そのときゆっくり話そうよ」

つかさが改札口に消えると、木山は陸橋へもどり、石段に腰をおろした。

かちっと玩具じみた音のあとで、ライターの穴から噴き出した火の先が、遠くのこんもりとした木々のかたまりのほうへ、通行人がないからか、遠近の感じがぼやけて見える景色の向こうへ、糸を引くように伸びていく。橋を囲う板は、空の色をそのまま反映した青で、薄青い影を木山の背にも落としている。

（この悲しさは何だろう）

悲しいことは、何もなかった。この数日というもの、すべてがむしろ上首尾に終わっていた。

あとになり木山は思い知ることになるのだが、このときはそれが、人生の折り返し点を過ぎた実感からの、残された時間への執着のきざしだとわからなかった。次々に人が離れ去り、消えていくことへの、いずれは自分もそうなることへの、初めてのおそれだった。それで木山は、人生は短い、と奮い立つ代わりに、この街は俺には刺激が強すぎる、と危ぶんで、陸橋を離れると、高い半球形の天井のもと、人波を縫ってみどりの窓口へ向かった。駅員はみな客の応対中だったが、やがて客のひとりが立ち去って、その空いたブースに木山は招ばれると、硬い表情でモニターを見ている女の駅員に、

「今からいちばん早い、はやぶさを一枚。二列席の、通路側で」

とつたえた。隣に乗客のいない席を押さえられたことによりも、すらすらと希望を口にできたことのほうに、甘く喜びを感じていた。

日なた

短い失踪ののち、森を抜け、土手をたどり河畔におりると、臭く匂う花をつけた藪の上を、蝶の群れが黒い輪をなして飛び回っている。はたはたと、あるいはひらひらと、絶えまなく躍動する幾枚もの翅《はね》を目で追ったところで、何匹寄り集まっているのかは、たぶん永遠にわからない、それほど過密な一群なのである。ただ、わからないなりに、うちの一匹でもつかまえられたら、それが何という蝶か判別のつけられそうな木山ではあったが、今日は凧《たこ》を見に来たのだからとやり過ごし、下流の岸辺を指して、輪舞を離れた。

さてお目当ての凧だが、これを引っ掛けている八重桜《やえざくら》というのは、水切れが祟ったのだろうか花芽の少ない小高木で、昨年の暮れに目にとめてからというもの、定期的な巡察を欠かさずにいるものだ。ビニール袋にストローで骨組みをつけて尾をあしらった、拙《まず》い竜の絵さえ描きこんである手製の凧にどうして木山がこだわるかというと、これを見ていると木山の言う森、すなわちインターネットの世界を歩き回って身についた垢が、いくらかでも落ちるような気がするからだった。

その通いはじめからかぞえて、思えば四半世紀にもなる木山だったが、いつ訪れても、森は湿り暗く、かつは汚れていた。偽善の、拝金の、劣情のうんぬんと、森に冠すべき形容は、そのときどきの印象に応じて変わるのであったにもせよ、そこを出入りする人々の屎尿《しにょう》の、まさに垂れ流されるにまかせていることでは、じつに森なのだ。

（つまるところ、汚辱《おじょく》の森か）

と、あくまで距離をとり、超然と見おろしていたかったが、しかし森は便利だ、もはやそれなしで生きるのに困難を感じさせられるほど、根深く広くはびこっている。現にこの日、木山は創作に関わる調べものをしに半時間ほど森で過ごしてきたところなのである。そしてその帰り道に、こういう記事を、森で拾った。それはあるサンバカーニバルで撮影された画像の、森における氾濫また売買の横行を糾弾するものだった。沿道に座りこみ、踊り子にレンズを向ける男たちの顔には懇《ねんご》ろな暈《ぼか》しがほどこされてある写真とともに、その文章は掲載されていた。

あるぬぐいがたいイメージを木山は、森に対し持っている。一室に起居して、しかしその狭い空間に、住人はひとりではない、守護霊というのか地縛霊というのか、目には見えていないというだけで、ほんとうはぎっしりと人が、いや、人間の形をしたものらが鬩《せめ》ぎあい同居している図だ。

電源を落としたら終わりだ、指一本のことだ、と割りきって、森との共生の道を択《えら》ぶのは、あるいは易しいことなのかもしれないが、厭《いや》な言葉だが包括的《グローバル》なものの力の暴威に、目をそむけ生きていくのは難しいだろう。それでこれと対極にあると感じられるところの、局所的《ローカル》なものの代表としての破れ凧に、木山は自身のすがたをかさねあわせ、思いを新たにするのだったが、春先までは裸木だったのが、今ではだいぶ様変わりがし、葉を多く茂らせている八重桜の枝のどこを当たっても、凧がない。

俺の仲間だと嗅ぎつけた誰かが連れ去った、と、森をうろついたことで身に喰らいついた被害妄想の蛭《ひる》を払い落とし、川辺をあとにし、土手をのぼった。住宅街を足早に歩いて帰宅すると、玄関の壁に立てかけてあった箒《ほうき》を摑んで、振りあげてみたが、乾いた羊歯《しだ》がかさり鳴るだけだった。

出先からもどるたび木山はそうすることにしているのだが、外で目にしたもののうち、一拍置いてなお印象の残った風物や事件を書き残しておく習慣を持っていた。一種の手馴らしで、手指のアルコール洗浄もそこそこに机に向かい、凧について書くつもりだったが、それも叶わなくなった今、川岸の緑地の北寄りの芝地に裏返しに陽を浴びていた、小さなバケツについて書き出した。

(たぶん、子どもの砂遊び用の。樹脂製の、レモンイエローの。底にガムの嚙み滓《かす》がへばりついていて、その影が透けて見えたのだった。そうして、これはたしかなことなんだが、ガムなのに動く。だから)

途惑いその場に立ち通していた、心理のトバ口あたりまで書き進めて、ふと左の手の甲に虫が、生ごみから生まれるたぐいの微小な羽虫がとまったのに気づいた。その肌触りが、脆《もろ》い六本肢《あし》のそれとも思われず、空から降ってくる氷の結晶にも似て、変に黒っぽい。体温にぬくめられたそれが溶け出すと、ぷつっと墨汁のあぶくが爆《は》ぜるのを思わせる、あの感触に近いものだった。

森に手を入れるとしたら、まずはそう、間伐《かんばつ》から、と疲れて椅子を立ち、窓辺にたたずんでみても、そこから望める幾百もの建造物の、幾千もの部屋の中で息をひそめている不特定多数の誰彼と、否応なしに結びつけられてしまう。何か制限が、と、お定まりの思いをひとくさりめぐらせ、しかし最後に木山はこうつけ加えるのを忘れなかった。

（でも、どんな法が？）

路《みち》は明るく、六月の午後の大気はしだいにその嵩《かさ》を増し、家々の屋根に憩う光を押し退《の》けようと攻めこんできていた、こんな急襲は傍目《はため》に酷と思われるほど、手加減なしに。また有無を言わせず、公園の植込みや台地に伐り残された木々、町を彩るために植えられた並木、要するに植物たち、つかのまの生存こそ許されているものの、立ち枯れているのと同然にやつれたそれらすべての葉の上へも、ひとしなみに大気は、死はおりてくる。

集合住宅が落とす影で暗いベンチに、木山は荷を置き、道の先にある一軒の店を、見るともなく見ていた。荷物はショルダーバッグで、二つ折にしたA４の用紙が数枚と、これに印字された文章に赤を入れるためのペンが入っているくらいで、肩に掛けてみたらわかるが、呆れるほど軽い。店というのは喫茶店で、色丹島《しこたん》あたりで見られるのに似た、外壁を空色のペンキで塗り立てた、木造の二階家である。奇をてらい悪目立ちのする店名も、そこへ茶房などと謳《うた》われてあるのも、木山の趣味とはあわないものだ。もちろん禁煙で、すると何も好き好んでこの店を訪れることもなさそうなものだが、ただ一点、椅子の座面とテーブルの高さがぴたりあっているのが重宝なので、腰痛が出かかるたび、ここを一時逃れの仕事場にしているのだった。

バッグの肩紐を鷲掴みにして、半分開いたドアから入り、手を洗浄し、椅子にかけたものの、思いはテーブルに広げた用紙へは向かわず、先日フェニックスで耳にした面のことにまつわり、ぐずぐずと消えない。お冷やのグラスを取りあげて、浮いた氷を吸って嚙み砕き、冷たい息を吐くばかりだった。

フェニックスというのは、あれを何と言ったものだろう。看板を鵜呑《うの》みにすると宮崎料理屋で、実態はカラオケ機器のないスナックである。ふた月ほどまえの、仙台の桜がまだ散りはじめないある日に見つけてひやかしたのが、その掛かり合いの初めだった。

木山は以前、二十年ばかり福岡で暮らしたことがあった。しかし、その長い年月のかんに、一度も宮崎を訪れたことはなく、当県では町はすべて「チョウ」、村はすべて「ソン」

と音読すると、それくらいの知識の持ち合わせしかなかったが、一方で当地の料理はと言えば、福岡市内の繁華街で何度も喰った、好みのものが多いのではあった。めひかりの唐揚げ、飫肥《おび》の天ぷら、冷や汁、と、注文した品々はしかしどれもできないというので、おまかせというので胡瓜《きゅうり》を辛くしたやつやもやしを何かと和《あ》えたものなど、小鉢ばかり相手に白飯を喰うしかなかったが、するうちにカウンターに年の寄った男がひとりいて、女店主の酌でビールを飲んでいるのが、ふと目にとまった。過去に因縁のある男女の話しぶりで（男は一度便所に立ったが、その濡れた手を女店主はエプロンで拭いてやっていた）、木山への気がねからか、声を落として喋っているのが、ときおりあけすけな声量になって、その他聞をはばからないのだろう話題の中で、木山の興味を引いたのが、面の話だった。女店主の娘の勤め先で大量の雇い止めがあり、残業が増えた、それで仕事が終わるまでこの店で孫を預かることにしたらしいのだが、その子どもが顔に面をつけるようになったというのだ。

「オドムズィリじゃねえのか」

木山が関心を持ったのは、その面の種類なり形状ではなかった。保育園のリクリエーションで作ったというその張り子の面は、現在小学四年生だというその子どもの顔を覆い隠すのに、足りないのではないかということだった。店にいるあいだに限ってのことで、面をかぶると、それからはずっと黙りこんでいるというのにも、何か感じるものがあった。

紙とペンをしまい、店を出ると、店前に車輪のついた本箱が出ていた。そこに背表紙を並べている数十冊もの文庫本は、どれも海外の推理小説らしく、ご自由にお持ち帰りくださいとあったが、ことさらに目ぼしいものはなく、代わりにというのではないが、本を支えていた植物の鉢を手に取った。生《なま》の昆布のような平たい葉が、土からじかに生え出しているのが、潮の動きを留めているようで、思いつきに木山はこれを持って帰ることにした、何しろご自由にとあるのだから。

暮れ近い川風が、幼苗のポットを握り締めた手の指のあいだを吹き抜ける中を、家路を指して歩いていった。早い街灯が灯り、周囲を明るくしていた残照は役をおりて、ある暗さが路に滑り出し、大気を排除にかかるといった急展開が、薄暮のうちにおこなわれつつあるのを感じながら、木山の思いは面のことを去らないのだった。無理に嵌《は》めた面の圧迫で、鬱血しているんじゃないか。外圧と内圧と、どちらに苦しめられているのだろう。無傷だと思いたかった。

ああ、どうして面などかぶるんだろう、人騒がせな。しかしどうもこれは、自分と無関係な問題ではない気が、木山にはするのだった。投げかけられた物を受け取り損ね、それが転がっていくのを見ているような無力感のうちに、客の男が口にしたオドムズィリという言葉から、とにかく木山は出発してみることにした。字引に見つからず、やむなく森へ行き見つけたところによると、正しくはオトムジリで、子が親の妊娠に際してひどくむずかることをいう、赤ちゃん返りという用語とおおよそ同じ意味で使われる、方言の一だということだった。それではそういう事実があるのかというと、そんなはずはないという祖母の証言があるから、この説は除外。母親離れの練習だという見立てが立った。

そしてこれはまた別の仮説、木山のなかば業病と言っていい妄想癖が醸《かも》したような空説だが、禍下で学校の登校日が減っているという事実に一応は依拠している。在宅授業の導入というので貸与されたデジタル端末の画面に映し出された教職員の、あるいは級友の顔を見て、何かを感じ取ったその子どもに初めて、人の目を気にする気持ちが芽生えた、それで面をかぶりたくなった、という。

(ずっと面をつけて、さすがに生活はできない。せめて祖母の前でだけでも)

小作りの面が喰い入った下で、どんな表情を浮かべているのだろう。紙粘土でこしらえた型の上へ、新聞紙と習字紙を糊で貼りかさね、天日で乾燥させたのち、型からはずす、水で溶いた紙粘土を塗る、彩色をほどこす。この時代を生きる子どもの行く末を面の製法にだぶらせて想像していると、木山は暗い穴に落ちこみそうな思いがしたが、夕闇の中、ベランダで煙草をふかして、持ち堪えた。どうもこのところ調子がよくない、薬の厄介にでもなるか、と、網戸の向こうで副流煙に迷惑顔な幼苗にこぼしてみたのではあったが。

メキシコ原産の、一年に一度、大輪の花を咲かせるという、俗にそう言われる、あれはたしか月下ビ、いやいや、部屋に持ち帰ったときにはもう、風に吹かれたのか園芸プレートはなくなってしまっていたのだから、店先でのほんの一瞥の、あやふやな記憶に頼るのはよくない。名前は知らなくてもいいとして、付記されてあった育成のこつは、どうでも頭に入れておくべきだったと悔やまれたが、とにかくは日当たりのいい場所に苗を置き、少量の水やりをもって、木山は世話をはじめた、サボテンの一種だと見たようなあやふやな記憶に、結局のところ頼っての配慮から。

それからというもの、と言うのは、持ってきた苗を窓ぎわに据えた、その翌日から、ということだが、木山は連日妙な夢を見て、眠りのうちに喋りでもするのか、喉を痛め、微熱を出した。この放熱に伴う休日気分で、それらの夢の印象について考えをめぐらした時間をつうじて、木山が取りもどすことができたのは、高千穂峡《たかちほきょう》の、真名井《まない》の滝を過ぎて漕ぎ進んだボート上における、旅の同行者がとった思いがけない行動にまつわる断片的な記憶だった。すると宮崎へは、自分は行ったことがあったのだという、自分史を修正するほうへ、熱が引くと関心はむしろ移っていったのではあるが。

ある夢の終わりに、柾目《まさめ》の入った板のようなものが突如あらわれ、ざくざくとその表面が削られていき、最後に表札のように「高千穂」と、明朝体で浮き彫りになったのを見たのである。そのときまで木山は、十八年まえにしたその小旅行のことをすっかり忘れていたばかりか、そこが宮崎ではなく、熊本かもしれないなどとは思わずとも、どんな行政区画からも独立した場所ででもあるかのように、古文書にある神話との関係としてのみ長らく受け止めてもいたのだった。それに旅の思い出と言っても、木山が想起できたのは高千穂峡でのボート遊びの場面だけで、それよりほかのこと、たとえば、福岡からどうやって行ったか、レンタカーを借りたのだったか、というようなこと、また、日帰りだったのか、どこかに宿をとったのかというふうなことさえ、とうとう思い出せなかった。

もっと言うと、夢に出てきたのは「高千穂」ではなく、「五代」という漢字二字だったかもしれないのだ。目を覚まして、少し経ち、これが「五ケ瀬」という字に誤変換されて、そこから五ケ瀬川という川の名前を、次いでこの川が流れる高千穂町を連想したのだとも考えられる。と言うのも、その夢を見た前日に木山は、鹿児島産の『五代』という銘の焼酎を買いに近所の酒屋へ行ったのだが、在庫を切らしており買えなかった、ということがあったからだ。

いずれにしても、実感の伴わない旅ではあったのだろう、それから数日後の明け方近くに見た夢は、くだんの高千穂行の二日目の、天岩戸《あまのいわと》神社で遭遇した事件の一部始終が再現されたものだった。ところが、先に見た表札の夢が曖昧《あいまい》なものだったのに引き較べ、こちらは迫真のリアリティーを持っていたがために、却って木山はこの夢を眠りのうちの創作と看做《みな》して取りあわなかったのだが、ほんとうにこれは勿体《もったい》ないことをした。木山に処方された効果てきめんの良薬、反面教師としての独善的人物の登場が、こちらのほうではあったのだから。ともあれ、植物が見せた夢を仲立ちに、木山の内に再生産された、その高千穂峡における一場とはこうだ。

救命胴衣を身に締めたふたりが乗りこんだボートは、川底の薄茶けて見える岸辺を離れ、天然の壁の下方に空いた裂け目から力なく注ぐ小滝を指して、ゆるゆると水面を滑っていく。漕ぎ手は木山で、木山はだから舳《へさき》を背にしたボートの真ん中に、同行者は木山と向き合いに艫《とも》寄りに座を占めている。ほどなくふたりは、弱い滝の描く波紋の領域に近接するが、ここで進路を変え、流れの緩い川を遡《さかのぼ》りはじめる。切り立った二枚の崖を結ぶ橋の下を抜け、先に見たのとは比較にならない、みごとな水量の大滝が散らす飛沫《しぶき》を避けて、崖の根に張りついている数艇の先行者たちの前を通り過ぎ、さらに川上へと進んでいく。ここまで来るのに、ボートの貸し時間の三十分のうちの、すでに半分を使ってしまったことにかんがみて、これ以上は船着場から遠ざかりたくない木山をしかし、同行者はもっと奥へ奥へとそそのかす。ボートの全長とほとんど変わらないくらいにまで、二艇が縦に擦れちがおうにも、たがいの櫂《かい》がぶつかるかと思われる、一段と川の幅が狭まってくるあたりの手前で、櫂を摑んだ手を木山が開き、ボートが推進をやめた、そのときだ。やおら同行者は深呼吸をし、ハンドバッグから携帯電話を取り出すと、これを握り締めた手を水の中へ入れた。自嘲的な、だがどこかはしゃいだ響きをもふくんだ笑い声を立て、同行者はゆっくりと手を、もう何物も握られていない手を舟べりに載せ、ハンカチで五指を、その股を丁寧にぬぐうと、今度はもうひとつ苦く笑って、もう行こう帰ろうと木山をせっつくのである。

この時間にして、たしかに半時間とかかっていない、小場における同行者というのは、年長の女で、木山はその名字は覚えていたが、下の名前は思い出せなかった。これは彼女への木山の、言わば踏み込みが足りなかったこと、早い話が性交渉を持たなかったということに、もしかしたら起因しているのかもしれない。その頃の木山は、突きあげる衝動を抑えるのに、ひと方ならぬ困難を感じることは、たしかにあったものの、一面でセックスという営為に若者らしい過剰な潔癖さを持ちこんでもいたのだ。たとえば、このことも木山は忘れているが、その日高千穂峡を離れると向かった高千穂町には、一泊二食付き二名一室で宿が予約してあった。名物のカッポ酒など部屋で飲み、女としたたかに酔い、けれども充分な距離をとって延べた布団から、おのおのが這い出してくるようなこともなく、よく眠り、それはそれで満ち足りた朝を迎えたというようなことなのである。

女はその日、日南《にちなん》市の実家に帰ることになっていて、その道中の話し相手に木山は指名され、同道することになったのだ。女が車で迎えに来て、福岡市の西公園出入口から高速に乗り、高千穂峡に到着したのは午後三時過ぎのことだったが、その往路を通してハンドルを握っていたのは、だから女のほうなのである。自分がレンタカーを用意して、助手席に女を乗せていたものと、またボートにしても、木山は自分が漕ぎ手だったと思い違いをしているが、そのじつ女が漕いだのだった。右に回るときは左の櫂は休めておく、前へではなく後ろへ向かい進むといったちぐはぐな感覚は、そもそも木山の得意とするところのものではない。それに木山のことだ、阿蘇山から流れ注ぐ川水に冷却された溶岩流が、気の遠くなるほどの歳月をかけ、水の浸食を受け続け形成された峡谷の威容に見惚《みと》れて、櫂を操るどころではなくなっただろうから。

その記憶の曇りには、早すぎる老化のきざしが危ぶまれるが、二十年近いむかしの、二十四時間に満たない旅、おりしも休日で、朝寝を貪っていたところを起こされての決行となった旅なのでもあってみれば、無理もないことなのかもしれない。ただ、あのとき女が谷底に放った機器の中に、過去に恋人に強請《ねだ》られ送ったという、彼女の裸の画像が保存されていたことを、宿に着くなり打ち明けられたにもかかわらず忘れているのは友達甲斐のないことだ。関係を解消し、すでに時日を経ていたむかしの男の携帯電話を盗み出すのに、どんな骨折りを彼女が余儀なくされたか、思っても見ろと言いたいくらいだ。彼女は落ち着いていて、データがすでに他の媒体に、ないしは第三者の手で複写されているかもしれないことには諦めをつけており、しかしとにかくは原板は除去した、郷里ではじめる清潔な暮らしの、新規蒔き直しの門出を祝して、ふたり酌《く》み交わしたカッポ酒でもあったのだから。

だがそんな木山にしても、回収できたこの遠い記憶のひとコマから、何も影響されずに済んだのではなかった。青い川底のイメージから、洋便器に沈んだそれを連想し手繰《たぐ》り寄せるのは、誰にだって簡単なことだ。充電器に差しこんであった携帯電話を摑み取ると、木山は便所に行き、便座の蓋を開け、常時一定の深さを保っているその水の上へ、手をかざした。

（お前もだよ。どこにいてもまといついてくる、お前）

しかしこの便利な道具を使えなくなることで蒙《こうむ》るにちがいない、さまざまな煩労を思ううち、その気も萎《な》えてきて、魚類が泳ぐのに楽な淵に逃げこむように、木山もまた現代の側へ、汚辱の山をただ眺めているしかない空しさの中に舞いもどったのである。

流すだけ流した水洗の、廊下のあたりにこだまする音が、どこをどう抜けて、たぶん換気口をつうじてだろうが、ベランダまで聞こえてくる。足もとに目をやると、朝のうちにそこに出し、日光浴をさせてやっていた幼い植物が見ている。与えた暗示が、きちんとつたわったかどうか、見定めるふうな顔をあげて木山のことを注視している。

梅雨に入ったというが、そこは東北で、晴れ間の出る日も多かった。バスを降りた木山は、午後の陽にぬくめられた舗道の、心なしかほどけ、和らいできているのを足裏に感じて、けれどもすぐには歩き出せなかった。

先月、ある給付金制度の申請をするように人に勧められ、ところがその種の事務的な手続きに必要な諸作業に情熱を持てない性分の木山は、そんな制度のあることをなかば忘れかけていた。それが昨夜はこれも東北地方のことで、冷房をつけずに床に就いたのが、朝になり寝苦しくなって目を覚まし、しかし寝直そうにも頭が冴えて眠れそうにない。それで持て余した時間を申請の準備に充《あ》てることにしたのだった。

経済産業省の運営にかかるウェブ申請サポート会場というのを訪れ、制度の概要を確認し、必要書類の難なく用意できることがわかったが、ここでまた別の給付制度の実施が予定されていることを知り、そちらについても調べたところ、賃貸借契約書という書類が必要とあったので、部屋の隅々を探したものの見つけられなかった。暇にあかせて、この部屋を借りた際に世話になった不動産賃貸仲介会社に電話を入れてみると、そのときの担当者だった早坂という若い男の声が電話口に聞かれて、長い保留ののち、書類はこちらにないと言われた。

「契約書は、借主さまにとり大変重要な書類になりますので、必ずお渡ししています」

破綻した論理で、しかしまあ、俺がなくしたんだろうと引きさがり通話を切りあげたが、二時間ほどして、早坂の携帯電話から連絡が入り、先ほどは間違いでした、こちらで保管しておりましたと殊勝げに言うので、これを受け取りに街場まで出向くことになったのである。

上司の小言を喰うようなミスなのでもあるのか、店舗ではなく、そこからほど近い市民広場を受け渡しの場所に指定されたが、来てみると早坂の、二十代にしては丸まった背中がベンチに見えた。木山が声をかけると、早坂はスマートフォンの画面から顔を離し、一種厳《おごそ》かな身ぶりで立ちあがった。次いで何か言いかけ、いや、たしかに何か言ったのらしいが、しかしそのときの相手の、いつも遠いところを見ているような、森の住人に特有の目が、マスクの上でちろつくのに木山は怯《ひる》んで、ベンチの端に置かれてあった、全体が黄ばみ、開いた角が外側へめくれもしているクリアファイルを取りあげると、挨拶もそこそこに広場を立ち去った。

市役所のほうまで歩き、そこで発車待ちをしていたバスに乗ったが、その帰路を通しても木山を苛《さいな》んだ心の動揺の、その顫《ふる》えの根は、今朝方森で調べものを終え、ニュースサイトにもどったときに見た、あるひとりの子どもへの、十数人もの子どもたちによる森を介しての攻撃をめぐって、市教育委員会に取材をかけた記事にあった。事件後、被害を受けた子どもが学校にすがたを見せることはなくなった。自死したのだからだ。

バスを降り、起伏のない歩道を歩いて、アパートに帰り着くと、洗濯物を取りこみに出たベランダで、遠くを流れる川の畔《ほとり》の茂みのあたりで、山鳩《やまばと》でも郭公《かっこう》でも、時鳥《ほととぎす》でもない、何か夏の鳥がけたたましく啼《な》き立てるのへ、しばらく耳を貸した。

部屋にもどり、野鳥図鑑を当たっても、結局何の鳥だともわからず、それで差し当たり木山は、自分でカタのつけられそうな問題に着手することにして、玄関を出た。要らぬ夢を見させる苗をかえそうと、例の喫茶店を訪れたのだったが、当面休業との貼り紙がドアにあるばかりで、本箱も撤去されている。見あげた二階の一室に人影があったので、店脇の玄関のほうへ回り、郵便受けの下に苗を置くと、道を引きかえし、今度はフェニックスに向かった。

夏の初めの蒸してきた川べりに、日ごとに幹の色の深くなっていく柳の大木は、根もとをすっかり緑草に囲まれ、ある段階の円熟を示しているように見えた。土手の遊歩道の縁に伸びた草花の丈もすでに高い。木山の腰の高さにまで伸び、それが風に揺れ、中にひそんでいるギスの類の触角にも届くのだろう陽の光を浴びての道行きは、温水プールを歩くようでもある。土手下の緑地の、仮に爪がもどっていたとしても、もはやそれを隠しおおせるほど葉をつけた八重桜の手前では猫が、草地に身を沈め、背を低めながら前に進むのが見える。昆虫を狩っているのらしく、ただ、こんな川辺の一風景のすぐ際《きわ》へも、木山はしかし森が迫るのを感じて、ひと言もない。

川を離れ、花期を迎えていたのを見落としていた、とある一軒家の角に立ち寄った。庭木の山法師《やまぼうし》の、花の重みにたわんだ枝ぶりが、豊満というか、艶《えん》をふくんだおもむきをその街区に与えている。ところがこの角を曲がると高いマンションの隣に見えてくる、フェニックスの厨房の小窓もやはり、蜘蛛の巣で覆い尽くされているのだった、不平も、そよとの活況もなしに。

　傾きかかった太陽が、店の中に斜めに光を投げかけている。薄いが手仕事のものらしい、ところどころ気泡の入ったガラス窓の向こうのテーブルが、うつろに白い陽だまりになっている。テーブルの上には面が、裏向きにして置かれてある。どんな表情を浮かべているのかはわからない。しかしその穿《うが》たれた小さな目穴からは、まだ乾ききらない水が、玉になり下方へつたい、動いている。貝類が這った跡のような、ふた筋の鈍《にぶ》いきらめきをあとに残し、ゆっくりと落ちていく、落ちていく。

　坂をのぼると町域を出て、県道七号と名前の変わった道を、低い山々に懐《いだ》かれた集落を眺めやりながら走行し、いかにも山間《やまあい》にある観光地らしく、だだっ広いような見映えに引き替え、入ってみると思いのほか狭い駐車場に乗り入れたが、

「ああっ、私としたことが」

　敷地の中ほどまで進んだところで女が唸《うな》り、車がタイヤを削って止まった。何、どうしたのと、ここでなぜか反射的に木山の胸を、屋根に赤色灯を点滅させた二台の覆面パトカーに挟み撃ちにされた光景がよぎった。木山の大声に女も驚いたのだろう、切りそろえた前髪の下にしめやかな情緒を付与してつぶらな瞳をぐるり動かした。

「あの子とさよならするの忘れてたよ。あんなに仲よくしてたのにどうかしてるよね」

すぐもどるからと女は言い残し、車が動き出し、しかし一度停車し、二枚の窓が緩慢に開いて、車外に煙草の烟《けむ》りが流れ出た。車内禁煙じゃなかったのかと、人目をはばかって公衆便所の蔭に行き、ただでさえ長いマールボロ・ライト・メンソールのロングの吸い口に脂《やに》取りパイプを取りつけたが、ここで木山に火を点けるのを忘れさせたのは、午後一時の出社にまにあうだろうかという懸念だった。直行できるようスーツを着用してきたのは賢明だったが、それにしてもこんな道草は余計じゃなかったか。これから熊本駅へ行き、そこで女と別れる。彼女はとんぼ返りに日南の生家に、木山は鹿児島本線で福岡に帰る。大牟田《おおむた》駅での乗り換えに要する時間をふくめ、少なくとも二時間はかかるとして、目算が立たず焦らされるのは、ここ天岩戸神社から熊本駅までの移動時間だった。

もう十時半になる、と、旅館のロビーに放し飼いにされていたオールド・イングリッシュ・シープドッグの、べろり垂れさがった桃色の舌、そのべろを除く一切を覆い隠していた被毛を思い、苦りきっていると、黒塗りのセダンから男が降りて、木山のそばに近づいてきた。膝下まである長めの短パンに、極彩色の、斑猫《はんみょう》の前翅《まえばね》を思わせる柄の開襟シャツを着た、五十年輩の小男である。

「はい、こんにちは。私、ここの案内をしておる者です」

おかっぱ頭の、ずんぐりした鷲鼻に丸眼鏡を載せた生白い顔を、腕や胸もとの日焼けが際立たせている。

「お仕事中なのでもありますか。それでしたら私、大急ぎでご案内するといたしましょう」

道化た感じのリズミカルな足の運びで、男は駐車場の脇から参道へ入り、すたすたと砂利の上を歩きはじめた。いきおい男を追った目が、そばで大岩を持ちあげていた大きな像のほうにとまり、木山がぐずぐずしていると、男も足を止め、早くおいでおいでと差し招くのである。

どうしたものかと、脱いだジャケットを腕に掛け思案していると、先ほどの黒い車の、今度は後部座席から、身ぎれいな老年の男女が降りてきて、バンパーの前に横並びになり、むかしの日本の、貴顕社会で交わされていたのもかくやと思わせる、物々しげなお辞儀をしてきた。男の両親だろうかと、それで何となく木山は、その世話を受けざるをえなくなったというか、世話を焼く義務を負ったような形で、男のあとを追い、参道に出た。

社務所の前を過ぎ、鳥居をひとつくぐったところで手水舎《てみずや》が見えたので、木山はワイシャツの袖をまくったが、男は立ち止まるようすもなく、拝殿への入り口らしい門をも無視して通り過ぎていく。ぽつぽつながら参拝者も見受けられたのが、しだいに人けがなくなって、幅の細まってきた道をさらに進んで、ふたつ目の鳥居をくぐると、思いがけず車通りに出た。この車道に沿って少し歩いたところの道端に、〈天安河原《あまのやすかわら》入口〉と書かれた板が立てられてあり、そこから斜めにくだる道が延びていた。

「岩戸川に参るのですが」

　男が足もとを見て、呟いた。

「そんな靴ですと、滑るのが危険です。よく注意していただかなくてはなりません」

　なるほど男は、軽装に不釣り合いな、スパイク付きのごつい靴を履いている。たしかにビジネスシューズだと歩き悩む、湿った落ち葉が付着した石段をおりて、露出した石の角で表面が凸凹になった、ほんとうに転倒しかねない細道を、清い川の水に目をやりながら進んでいくうち、

「あれが太鼓橋です。結界であります」

　ふいと男が向き直り、

「かの菅原道真公も、徳川家康公も、神さまになったのでした」

　あたりの木々のざわめきをものともしない、よく通る声で言った。

「八百万《やおよろず》の神々の、我々も一柱です。神になるのです」

　興奮を抑えかね、きらきらさせたような目をあげて木山を見つめるのだったが、これは観光案内人が言う冗談のたぐいで、笑うことを求められているのだと解して木山は義理にほほえんだ。

　男の言う結界を破り、小橋を離れてなお歩いていくと、道がひとうねりしたところで視界がひらけ、奥にそそり立つ巨大な崖に開いた穴の中へ、ほとんど木山は吸いこまれそう

な思いがした。間口は差し渡し三十メートルはあるかと思われる、そこそこの高さのビルを横にしてすっぽり収まりそうな大洞窟で、漂う山の気のようなものがその前面を霞《かすみ》がかって見せているのである。

　圧倒されて、立ち尽くした木山がどうにか思い浮かべることができたのは、この大穴の前に畳まれた河原に神々が集《つど》ったという、神話の一場景があるばかりだった。

　清流のせせらぎと、どこの梢にか休んでいるのだろう鳥の囀《さえず》りが聞こえた。川の流れを左右に分かつ大岩に繁茂する水苔に初夏の陽が当たり、その焦げ茶色に灼けた葉のあいだには水が光っている。高い岩屋の下に鳥居があって、この奥に神を祀《まつ》る小ぶりな祠《ほこら》が、薄明るみのうちに鎮座している。

　祠につうじる道の上を除いては、それこそ立錐の余地もないくらいに、今も音もなく増殖しているのではと怪しまれるほどの無数の積み石が河原を領していた。積むべき石の、見たところひとつも見当たらない地面に木山は目を落とし、思った。何人の参拝者がこれを積んだのだろう、新たに積もうとする人は、すでに積まれてあるのを使うしかなかったのでは、そのとき指は、何を思いそれをつまんだのだろう、と。

　女神が岩の戸を閉ざして引き籠《こも》ったのは、弟神の乱行を嘆いてのことだったとして、その騒動について、それ以上の知識を持ちあわせていない木山は、遠目に洞穴全体を見ているだけで、案内者が恭《うやうや》しげにこうべを垂れている、奥の宮に近づこうとはしなかった。と言って帰ろうとするでもなく、この場の涼気を気持ちよく受け取っていたが、しかし男は、この霊場めいた光景を容認しなかった。小火《ぼや》の初めのひと暴れのように、そばのひときわ大きなケルン状を呈した小山を、まずは腕で押して崩してしまうと、道の近くに積まれた石を、登山靴履きの爪先で、踵《かかと》で、がらがらと蹴り散らかしながら、木山のいるほうにもどってきた。

「もとは何もない、きれいな河原だったたっていうじゃないか」

血相を変えて、というのとはおよそベクトルのちがう、晴れやかな笑顔だった。

「願掛けだか何か知らんが、どうして汚い石ころを積む。そういう心根が不浄だとわからんのは、いかにも堕落でしょうが。壊すのです。来ては蹴り、蹴っては帰るのです。手つだってください、あなた」

朝霧の

鶏冠《とさか》が落ちていた。町内会の屋外掲示板の下に、毬《まり》のようにちんまりうずくまっていたチャボの羽色は、陽を浴びた砂利の白に溶け、最初木山には、その肉質の突起のざらざらした赤みだけが見えた。光に目が慣れて、それが黒い尾羽を生やした雄鳥だとわかったところへ、蜂が飛んできて、掲示板の木枠にとまった。

買い物帰りの途上でのことで、これで家事は片づき、あとは午後に街へ行き人と会う約束があるくらいだったが、その待ち合わせの時間まで、まだ暇があった。それでチャボと蜂と、どちらが先にそこを移動するか見てやろうという気になったのだが、片やピンでとめられたように、片や本物の毬にでもなってしまったようで、頑とした感じでそこから離れそうにない。

鶏《にわとり》の一品種で、しかし小型なだけにチャボというのは、木の上などで眠る習性があると、蜂の腹の縞を見てなぜか思い出した。チャボに目をやると、この時季のこういう大型の蜂は、蜜蜂が冬越しに備えて蓄えた蜜を狙い、その巣を襲うことがある、と、いつか自然博物館で観た解説動画の、おっとりと物悲しげな女声が思い出されてきた。

「蜜蜂のほうでも黙ってはいません。敵に殺到し、しがみつき、一斉に翅《はね》を顫《ふる》わせて、この摩擦の熱で相手を蒸し焼きにするのです」

たしか熱殺蜂球といった、そんな思いきったタイトルで、何か長い物語が書けないだろうかなどと考えながら住宅地を通り抜け、細い車通りを横断すると、そこから道は緩やかな下りになってくる。廃業しているとしか見えないがそうでもないらしい、うらぶれた理髪店がこの坂の中腹にあって、そこの隣の空き地に電柱を引き抜いたような穴が開いている。いかにもぽっかりとした、おどけた感じのまん丸な穴で、しかし案外底は深いのか見えない。ここを通りかかるたび、遠い日の空しい戦闘の記憶が蘇るのに、木山はしくり胸を痛めながらも、足を止めずにはいられなくなるのだった。

きっかけは女王蟻を生け捕りにしようとの、がき大将の号令だった。遊んでいたところを駆り出された、当時五歳だった木山をふくめた児童たちは、集合団地の随所に設けられたごみ置き場から、各自数本ずつのスプレー缶を持ち寄った。殺虫剤の、錆《さ》び落とし用の、ヘアスタイリング用のと、さまざまな用途の缶が大将の待つブランコの前に山積みになったが、どれもごみとして廃棄に出されたものだから、中に残る液体は微量で、振ってもほとんど手ごたえはなかった。缶を手に取ると大将は、かねて目をつけていた大きな蟻の巣穴にノズルを挿し入れ、ひとつ空になるとほうり投げ、またほうり投げしてといった具合に中の液体が気化したものを噴射していった。

　仲間と戦場を囲んでしゃがみこみ、まだ見ぬ女王蟻の登場を心待ちに、木山は固唾《かたず》を呑んでいた。前線に跳び出してくる蟻は、初めのうち元気ですばしこく、かつは勇敢だった。見るまに肩のあたりまで駆けあがってきたり、ふくらはぎに嚙みついてきたりした。その徹底抗戦の感じに、木山も男児の軍《いくさ》っ気をそそられた。逃げ惑う蟻を潰して回る任務は、やり甲斐のあるものだった。その高揚感が、出てくる蟻のいかにも小さく、弱々しげな個体になったのが、数の減少につれて目につきはじめた頃になると、虚脱感に変わっていた。切り札として取り除けてあった、中身の二分目ほども残っていた赤ラッカーを大将が用いると、今度は胸がむかついてきた。

　蟻の体液に子どもの汗が落ち、そこへシンナーが混ざって醸《かも》された毒気に中《あ》てられたというのもあっただろう。しかしそれ以上に、木山の胸を悪くしていたのは、不在の女王蟻の怒りだった。

　実物はおろか図鑑などでも、木山は女王蟻というのを見たことがなかった。ただそれが、働き蟻なんかとは較べものにならない巨体だというのは、周りにいた年長の友達から聞いていた。どんな大蟻が、自分が今立っている地面の下で、赤く染められた体を、一族を根絶やしにされた恨みに顫わせているかと想像すると、恐ろしかった。その者の首を刎《は》ねよ、とのべつまくし立てる、アリスのハートの女王のイメージがこれにかさなると、王冠をかぶりローブをまとった人間大の真っ赤な蟻が、いつか仕返しに来るんじゃないかと、しばらくひとりで眠れなくなった。

自分が何かを、あれほど怖がることができていたのを、坂をおりて信号待ちをしていると木山はしみじみ思いかえし、この半年ほどで、あの頃の自分にいくらか近づけたように思ったが、すっかり遠ざかってしまったとも感じた。何しろ今では、女王蟻というのは並みの蟻の、せいぜい二、三倍ほどの大きさだと知っている。生け捕るにしても、結婚飛行を終えて翅を落とした新女王が、ぽってりふくれた腹を持て余し、コンクリートの上でもがいているのを拾うのがよっぽど効率がいいと知っている。

アパートに帰り着くと、背負っていた荷物を台所に置き、ベランダに出た。朝のうちに洗濯し干しておいたスウェットの部屋着の上下と綿毛布の、それぞれ日光の直射を受けていた箇所に触ってみたところ、ほとんど乾いていた。思いがけない陽射しの強さだったが、これがひと月もまえのことだったなら、すんなり木山も呑みこめたのだ。短い散歩でも汗をかいたものだったし、町のそこかしこで金木犀《きんもくせい》が薫っており、コスモスも見頃を迎えていたとは言え、まだ夏の雰囲気が残っていたからだ。それが先週の終わり頃からぐんと肌寒くなり、日没後は窓を開けていられなくなった。衣替えの必要が身に迫り感じられてきたところの、今日のこの陽気だった。

荷物の中の物を取り出し、調理台の上に並べた。三十リットルほどの容量があるバックパックで、詰めてきた食料飲料のうち、その必要がある物を択《えら》んで、冷蔵庫にしまった。このところ木山は野菜をよく喰うようになり、慣れない手つきではあったが調理もするようになった。もっとも調理と言っても、たいていは生《なま》で、あるいは茹《ゆ》でて、でなければざっと炒めるくらいで食べられる野菜ばかり使うので、この日はスーパーの生鮮食品のコーナーに根菜類が出盛っていたのだが、どれも皮を剝《む》くのさえ手に余るので買えなかった。果物やナッツの類を食事の代わりにすることも増え、これは加齢に伴う食の好みの変化だろうと、当人はさして問題にしていなかったが、それと別に、木山の根のところで働く意志の反映と見ることもできそうだった。

どういう主旨のものだったかは忘れたが、何年かまえに、何か先進的なことについて討議するシンポジウムに、聴衆として木山は招かれたことがあった。その閉会後に通された控室で、最近どこそこに出店したというステーキハウスの名物料理を、壇上においてよりもよほど熱心に、登壇者たちがくさしあっていた、それが木山には意外でもあった一風景に接したことが、今の菜食志向にどこかでつながっているのかもしれなかった。動物の肉の味にけちをつけているようでは、進んだ考えなんて持てるはずがない、というほどの明確な反発ではなかったものの、肉食という慣習と人類の進歩とがそぐわない感じはたしかに受けたのである。

もともと木山には、美食と距離を置きたがるようなところがあった。子どもの頃に街で見た、息も絶え絶えに荒野に身を横たえている赤ん坊を、猛禽がじっと見据えている啓蒙ポスターの写真の影響から、世界は飢餓にあるという認識を、淡いながら幼心に懐《いだ》いていた。これと相前後して知った、ドナドナの歌に喚起された後ろめたさもひとしおで、今でもどうかすると肉食に躊躇する場面が、少なからずあった。それなら菜食に徹すればいいものを、なかなかそれを思いきることもできない。これからも肉は喰う、美味《うま》がりもするだろう、しかし不味《まず》いとは言うまい、味の良し悪しを価値化する秤《はかり》にかけるようなことはしない、といった、中途半端な信条のうちに足踏みしていた。

十代の頃、金輪際自瀆をやめ、勉強に集中してやろうという滑稽な誓いを、新緑の頃か紅葉のはじまる時候かという、過ごしいい季節になると立てたりしたものだったが、四十を過ぎた今でもやはり、快適だった一日の終わりなどに、ふっとライフスタイルを一新したくなることがあった。この数年のあいだに、木山の頭を掠めては消えた理想のひとつに、ストレート・エッジというのがある。ハードコアパンク・シーンに身を置いている人に間々見受けられる、自己節制的な生き方の理念で、飲酒、喫煙、ドラッグの摂取、快楽のための性交をみずからに禁じるものだ。過去に半年間ほど、木山はこれを実践できた一時期を持っているが、これは煙草も酒もストックを気にして生活するのが馬鹿らしくなったというのが発端で、無精が長延いたのにすぎなかったと、あとから見るとよくわかるのだった。

洗濯用洗剤の中身の詰め替えをし、キャップの口から洩《も》れた溶液でべとついた指を洗っていると、自分の周りの禁酒禁煙の成功者の、積年の閊《つか》えがとれたようにさっぱりした顔が、水の音の働きかけか思い浮かんできた。俺も五十になるまでには、どっちかひとつくらい、と独りごちたいような思いがしたが、その五十まで、あと八年残されていると思うと、体のどこからか溜め息のようなものが出るのを追って、煙草なくて何の己が桜かなと、力の漲《みなぎ》るのも感じる。

水の跳ね返りでシャツの袖が濡れ、腕まくりしたいきおいを駆って、風呂場の掃除もすることにした。もっぱらシャワーで済ませるので、滅多に湯の張られることのない浴槽にも、抜けた頭髪や湯垢がずいぶん付着している。こんなところにも、といった場所にも黴《かび》が繁殖している。立ってシャワーを使う木山の目の位置からすると、たしかにそこは死角になるのだが、視力の問題も大きいと思った。黴はスポンジでひと撫《な》でしただけで落ちた。

浴室を出て着替えにもどると、椅子の背に掛けておいたジャケットの裾から垂れさがった、青い縫い糸のほつれが、無風のはずの部屋の中でかすかにそよいでいる。バスの時間が近づいていたが、最寄りの停留所までの距離を思えば、まだ余裕はあった。昼食は済ませてくると仁保《にほ》さんは言っていた、こっちも腹ごしらえをしておこうと、冷蔵庫からトマトを取り出して輪切りにし、指でつまんで口へ運んだ。丸々ひとつたいらげて、顎についいた汁を手でぬぐうと、こんなちょっとした身ぶりが食欲に火を点け、ほかの買ってきた野菜も刻みはじめた。

仁保さんはロック・バーの雇われ店長をしている、木山と同年代の男だ。友人に連れられて初めてその店を訪れてから、もう十数年になる。初めの数年は、木山は店がある街からかなり離れた南の地方に住んでいたので、飛行機を使って、のちに北の地方に移ってからは、新幹線で行く感じになった。その街に用事ができたときのついでに立ち寄るくらいな付き合い方で、親友とまでは言えない間柄だったが、これも時をかさねると、それなりの時間を過ごしてきた勘定になるので、その仁保さんに、木山は親愛の情のようなものを持っている。

年頭に降って湧き、猖獗《しょうけつ》を極めた疫病のために、店が苦境に立たされていることは、想像にかたくなかった。近い将来に、同郷の奥さんと故郷に帰り、自分の店を持つ計画を温めているのも、会えばまず話に出るので、覚えていた。しかし今月一杯で仁保さんが店を辞め、早ければ来月中にも郷里に引きあげることになっているというのは、今朝の電話で知ったのだった。一昨日の午後に、仁保さんは木山が住んでいる町から、北西二十数キロほどのところにある町に着き、むかし世話になった人の通夜に参列した。昨日は遺族が用意してくれていたホテルに泊まり、今朝方帰りの新幹線のチケットを買いに駅に行ってみると、木山がいる町につうじる在来線が出ているのに気づいたのだそうだ。持ち時間は二時間くらい、五時には店を開ける準備にかかっていたい、と、電話の追伸として送られてきたメールにあって、思えば仁保さんという人は、時間にまじめな人だったと、組んだ腕の中の時計に目をやるときの独特のしぐさを思い、熱したフライパンの火を落とした。

組上で調理されるのを待っている野菜たちをよそに、寝室へ行き、そこの造り付けの棚からプラスチックケースを取り出して、中から指輪を探り出した。金色のボディに銀の縁取りがほどこされたもので、四つ並んだ青い石の中央に、赤い石がひと粒光っている。

とても人中に出られる状態ではない、しかしその無理を押してでも出向かなければならないようなとき、よくこれを嵌《は》めて行ったものだった。パソコンで原稿を送るときなどにも、これを嵌めた指でメールの送信ボタンをクリックしたりした、魔除けと願掛けとをかねた祭具のような指輪なのだが、これから仁保さんと会うのに、こんなまじない物は必要なかった。今朝の仁保さんの話から、自分もむかし通夜の席で、故人の遺愛の品々にまつわる思い出を会葬者が話すのを聞いて、人が物に寄せる愛着が物へも沁み移るように感じたことを思い出し、そういう品を、自分が何も持っていないのが心細くなり、指輪を弄《いじ》ってみたまでのことなのである。祭壇の前に据えられた台の上に置かれた遺品の数々には、持ち主の人生の一部がそこに並べられてあるかのような、ある生々しさがあり、触れてみると生前のその人との交流の記憶が、断片的なものではあるにもせよ、再現される感じがあった。

人差し指につけていたのが入らなくなってきて、しばらく中指に嵌めて使っていたが、それだとマウスのクリックがしにくい、そうまでして験《げん》を担ぐのもどうかと、あるときから使わなくなっていた。今では中指の第一関節にさえつっかえるので、ほかを試してみると薬指にちょうどよく、何かというとこれに頼っていた頃の気弱さが、そのぴたりと嵌まった感触からつたわってくるようだった。

ざく切りにしたピーマンとキャベツをごま油で炒め、薄く切ったアスパラガスを追って入れ、最後に思いつきでルッコラを加えた。場当たり的なもので、風味など取り散らかっていたものの、その手軽さが肝とも言えそうな野菜炒めから滲む植物の汁は、木山には沁みるように美味かった。リューイーソーという名の料理で、具材は緑色の野菜なら何でもいいと、これを教えてくれた人は言っていたが、その人が作るリューイーソーは、緑の色の深い野菜を選《え》り抜いて使っていたからか、もっと凄いような鮮やかな見た目だった気がする。

卵くらい落としてもよかったかと、アパートを出て少し行ったところにある月極駐車場に、大待宵草《おおまつよいぐさ》と姫女苑《ひめじょおん》が、アスファルトを破って高空にすっくと伸びているのを見ていると思った。どちらも北アメリカ原産の帰化植物で、若芽や若葉は熱湯で茹がいて冷水に曝《さら》せば、どのようにしても喰えるのだ。一瞥し、木山は大待宵草だと思ったが、雌待宵草《めまつよいぐさ》かもしれなかった。しかし姫女苑のほうは、これとよく似た春紫苑《はるじおん》との見分け方を知っており、茎を手折《たお》ってみたところ、中が詰まっていたことから推して、たぶん間違いなかった。

この頃は腹がくちくなるとむやみに眠くなる。その睡魔を遠ざけておきたい思いから、野菜だけで我慢した朝昼兼用の食事では、やはり喰い足りなかったのだろうか、こんな道端の草花を見て食欲が湧くなんて。よくやるようにフライパンから直接というのではなく、一応は皿に移したものの、立ったまま台所で食べたというのも、軽い食事をより軽く感じさせるものがあったのかもしれない。

駅に雑沓は絶えていた。券売機の上の運賃表へ、木山は人待ちの目をとめて、そこにずらり並んだ駅名を読むともなく読み、それぞれにおもむきはちがうのだろうプラットホームの静けさを思った。何かが衰微するやりきれなさは、欠伸《あくび》ではないが伝染するのでもあるらしく、シャッターのおりた土産物店の中で、包装紙や伝票の束がひっそりと黄ばみさくれていくのが目に浮かぶようだった。

改札口から出てきた仁保さんを見て、初めて木山は、店の常連から仁保さんが、銀さん、銀ちゃんと呼ばれる理由がわかった気がした。店の薄明かりのもとでしか見たことがなかった仁保さんのほんとうの髪色を、十数年この方、木山は知らずにいたことになる。下の名前からとった呼び名だろうと思っていたが、この日初めて昼間の仁保さんを見て、その逆立てた短髪が灰がかった銀色に光るのへ、仁保さんが笑っていなしても、木山は目を向けずにはいられなかった。

　駅を出てすぐのところにあるコーヒーショップを木山は当てにして行ったが、休業だった。駅の北寄りにあるアーケード街は、どうかすると人で混むこともあるので敬遠し、南に延びる閑散とした歩道を喫茶店を探し歩いていると、店前に簡素なテーブル席を出した居酒屋があった。こんな風通しのいい場所なら心配ないだろうと、仁保さんを促し腰をおろすと、前掛けをした店員が近づいてきて、要するに酒になるわけだが、こんな陽の高いうちから酔い加減になってしまうのを、夜に仕事を控えている仁保さんが、昼酒か、いいね、と嬉しげな声を出したように、本心で歓迎していたのかはわからない。

　ドリンクのメニュー一覧にハイボールとジン・トニックがあるのを見て、ジン・ソーダを仁保さんが注文し、木山も同じものを頼んで、やがて乾杯になったが、ここに腰を落ち着けるまでのあいだに、近況報告の交換はあらかた済んでしまっていた。きれぎれに行き交う歩行者を見ながらグラスを傾け、話に花が咲くというのでもなかった。最近よく聴いている音楽の話で、それぞれがひとしきり喋ると、それからは黙りこむ感じになった。

　無理に話すこともないという諒解がベースにあるような沈黙で、数年まえに、小学校時代の友人と再会したときの、あいだに挟まれた三十年近い歳月が、一時《いちどき》にこなれていくように感じたのと似た快さのうちに、木山は満ち足り、くつろいでいた。三十年後は、たがいに古稀を越えての再会になる。三十年という、文字で見たり音で聞いたりすると、長くも感じられる時間が、ほんとうは瞼をおろし、また開きするほどの、ごく短い時間なのではと思ってみると、こうして仁保さんといて、じきに別れの時間が来る、それまでに何か話しておくことがあるような気もするのだった。

暗い時代だから、というのでは、差し迫った何かに脅えて生きているのでもなかったが、高齢の人とは会えるうちに会っておくべきだと、無意識のうちにも感じていた、その少なくとも高齢という限定は、このたびの疫禍で取り払われていた。子どもの頃になくして以来の、死を身近なものと捉える感覚を木山も取りもどし、人生が一瞬の夢だとしても、それを悪夢で終わらせないよう、踏み出すのがほんとうじゃないかと思うようになっていた。

指輪をはずし、仁保さんに手渡すと、その効能を、これが貰い物で、これをくれた人も、もとの所有者から無償で譲られたらしいと、併せて来歴も話した。外気に乾いて見える手の上で、仁保さんはサイコロを振るように指輪を転がすと、注ぐ紫外線が、何か別の光を出すのを期待するとでもいうふうに、しばらく陽光に曝して見ていた。環の腕の内側に〈K18〉と〈Pt900〉とあるのは、金とプラチナ、〈R0.15〉はルビーで、〈S0.65〉というのはサファイアのことじゃないかと仁保さんに言われ、案外いい物なのかもしれないと目を凝らしたが、店の廂《ひさし》の蔭になる木山の席では、何の刻印もない、つるつるに見えた。

「それ、ズボンどうしたの」

仁保さんの左膝あたりに、黒いセロファンのようなものが貼りついていて、よく見ると干乾びたワカメの切れ端だった。

「ああ、これ。これね」

爪でワカメをこそげ落とし、顎の下までマスクをずりさげ、ジン・ソーダを飲み干してしまうと、仁保さんは俄《にわ》かに饒舌になった。

「野口君って学生がいてね。店にもよく顔出してくれてたんだけど、地元で就職することになって。遅ればせながらの壮行会みたいな感じで飲んだんだ」

大型連休の初日の、まだ暮れきらない早い時間に、野口君はふらりと店にあらわれた。パリッとしたスーツすがたで、このとき仁保さんは、外国人の団体客のあしらいに追われていたこともあって、最初それが誰なのかわからなかった。ドア口に立ち尽くし、決まり悪そうにしている新客が野口君だとわかると、その後どうしているか訊きたかったが、リクエストした曲を大合唱してしまう男たちがカウンターを占めているのでは、何しろ気忙しい。少し待っててくれと奥の席へ通そうとすると、野口君は抱えていた柿の種の大缶をレジ台に置き、明日また来ますと店を出ていった。

その年頃の青年というのは、何か特別なことが人生に起こるのを待ち望んでいて、同時にそれが、自分にとっては特別なことではないと思いこんでいる場合が、往々《おうおう》にしてある。何か劇的な再会を思い描いて、野口君が遠路はるばるやって来たかと思うと、仁保さんは落ち着かなくなった。それで翌日は、やはり同じような時間にすがたを見せた野口君をつかまえ、頼んでおいた人に店をまかせて、近くの小料理屋に連れ出した。そこで野口君は、別段五月病にかかったふうでもなく、主題はそれじゃないとばかりに勤め先の話はそこそこに切りあげ、ロック史を飾る名演名盤について、熱っぽく語った。息子だと言っても通る若い野口君の、思いのほか詳しいことに、また手厳しいのに驚かされもしたロック批評を聞いているうち、店番を頼んだ人に念を押されていた二時間は過ぎ、それで野口君と別れ、仁保さんは自分の店に急いだ。

それからも世間は九連休というので忙しく、しかしそれも一段落つき、平時の常連相手の店にもどって、一週間ほどが経った頃、〈ロビー・ロバートソン所有のフェンダーテレキャスターがオークションに出品されます〉との妙なメールが、野口君から届いた。六六年のツアーでボブ・ディランが携えて登場し、当時のレコーディングにも使用されたという、その伝説的なギターの存在は、仁保さんはもちろん知っていた。しかしそれが競売にかけられるというのを、野口君がどうして報せてきたのかがわからない。狐につままれたようで、情報ありがとう、といったトーンのぼやけた返信を送ったが、それから二カ月ばかりして、再び野口君から、ディランの来日記念アルバムが出るとのメールが届き、これで仁保さんは向こうの魂胆というか、二通のメールの背景にあるものが読めた気がした。

その年の夏のフジロックフェスティバルにディランが出演するのは知っていたものの、それが通算百一回目の日本公演で、初来日からかぞえ四十周年を迎える記念的な公演になるとまで、仁保さんは注意していなかった。調べてみると、『ライヴ：1962-1966～追憶のレア・パフォーマンス』と銘打たれたその来日記念盤は、六〇年代のライブ音源をまとめたものだと判明し、あの日、野口君と話しこんだときの、ふたりのあいだの見解の相違に、仁保さんは思い当たったのだという。

今でも好きなディランの作品に、六三年から六六年のあいだにリリースされた六枚のアルバムを仁保さんが挙げ、ほかはあまり聴かなくなったと言うと、野口君はそのときだけ、ちょっとかぶりを振るようなしぐさをした。二十代なら二十代の、三十代なら三十代の頃のもの、と、聴き手の年齢に対応した時期の作品を聴くのが、ディランとの正しい付き合い方なんだと、断固とした口調で言うのである。これはファンのあいだではよく言われることだったし、話がすぐに別のミュージシャンに移ったこともあり、そんなひと幕があったこと自体、仁保さんは忘れていたのだが、自分が好きだと言った時期のディランにちなんだ報告を相次いで受け取り、そうかと思い出したのだそうだ。

若いなと面白がっていた半面、これは何か当てこすりの感じはしないか、押しつけがましさが出ているんじゃないかとも思い、二回目の返信は、〈アナログ盤も出るようだったら買うかもね〉と、ＣＤじゃ音はわからない、レコードでなくては、といったニュアンスをふくんで、おのずとそっけない文章になった。

この調子で、六〇年代のディランに関連のあるニュースを寄越《よこ》してくるのかと思っていたのが、ぱったり途絶え、しかし忘れた頃に、じつに一年以上ぶりに送られてきたメールを開いて、仁保さんは苦笑した。ディランが二十代の頃、当時の恋人スーズ・ロトロが、ディランがブーツを履きやすいように手を加えたジーンズの復刻版とも言うべき商品が、リーバイスから発売されるとのことで、「1961 551Z Customized」と命名されたそのジーンズは、六一年の時点では、まだブーツカットモデルを製造していなかったリーバイスが、自社に先んじた彼女の創意にオマージュを捧げたものらしい。限定生産だそうで、それからは二日おきくらいに、やれ三十二インチが売り切れた、三十四インチも売り切れ、残る三十六インチの購入を急げのと、ＤＭじみたメールが舞いこんできたが、ある日の完売を告げる通知を最後に、野口君のお節介はやまった。

あまりしつこいので途中気になって、ネットで商品を確認してみたところ、満更でもない出来栄えで、購買意欲を刺激されたものの、仁保さんは買えなかった。人の服装をまねるのが気恥ずかしかったからだそうだが、あるとき通勤中に、ふと通りかかった古着屋の店先に、見たようなジーンズが出ていた。リーバイス製で、くだんのカスタマイズモデルのようなブルーではなく、全体に色落ちしたブラックタイプのものだったが、シルエットは似ており、サイズも誂《あつら》え向きである。穿き心地のよさもあって、愛用の一本になった。

いつかのようにふらりと野口君が来て、これを穿いている自分を見たらどう反応するだろうと、なかば仕事着のようにもなったのだという。

「これ、見てよ。木山さん、わかるんじゃやないかな」

仁保さんは決して無口な人ではないが、商売柄というのもあるのか、聞き手に回ることのほうが多い。その仁保さんの、長い一人語りに呆気に取られ、一体この話のどこに、どういう面白さを自分が見出しているのか木山はわからず、手渡された仁保さんの携帯電話にあやふやな目を落とすと、〈CC出演の映画が今月末にNetflixで配信されます〉とある。

先頃久しぶりに届いた野口君からのメールだそうで、ただ、こういったとき、つまり人から何か謎かけのようなものを出された場合に、木山は答えを見つけることに真剣になれない。なぜそんなことを持ち出すのだろうと、その意図のほうに関心が向いてしまうからだ。けれどもCCと言えば、これは仁保さんの話のあとでは、簡単だった。BBがブリジット・バルドー、MMがマリリン・モンローであるほかにないように、女優クラウディア・カルディナーレの愛称で、六六年にリリースされたディランの七枚目のスタジオアルバムのゲートフォールドの中面に、彼女の写真が無許可で使用され、のちに改訂版が出ることになったのはよく知られた話なのだ。

「『ブロンド・オン・ブロンド』の内ジャケでしょ」

木山が言うと、仁保さんは笑って頷《うなず》き、

「だいぶネタに困ってるみたいだな、野口君」

と、もうひとつにんまりした顔になった。

もう一杯ずつジン・ソーダを飲んで、仁保さんを駅まで見送ると、駅の地下通路をたどって、地上の大通りに出た。ささやかな金融街が住宅街に変わるまでの、半時間余りのあいだ、自分が何か感動している、それがどういう刺激からのものなのか、木山は歩きながら考えていた。と言って思い詰めていたのでもなく、通りの欅《けやき》はなかば葉を落とし、なるほど寂しげだったが、季節の変わり目を行くような散歩になっていた。

故人は儀式ばったことを嫌った人だったが、このとおり葬儀はおこなわれた、このうえは喪服など着て出られない、黒のパーカーにブラックジーンズで行ったというのは、仁保さんらしいし、そのジーンズの謂《い》われにも、その人となりが出ていて、聞いていてたしかに面白かった。メールが苦手で、急ぎの連絡のほかは基本的に仁保さんは使わない。例外は相手が子どもの場合で、親戚の子などから来るメールには、結構まめに返事を打っているそうだが、すると仁保さんにとって、野口君は子どもの括りに入っているのかもしれないと気づいたが、これも感動とは遠い。

前方に見える白い橋のたもと近くに、右へくだる小道が延びており、河畔に出られるようになっている。そこのあたりでは、ときおりどこからかサックスのフレーズが聞こえてきて、これを聴きながら煙草を喫《す》うのが木山は好きだったが、かすかに弓なりに反って見える橋のほうに、今は妙に惹かれた。ずいぶんまえに旅行者としてこの橋を渡ったとき、川の岸寄りの水上にぼさぼさ頭の水鳥を見つけた、橋の見晴らし台になっているところまで行き、下方をうかがってみたが、水のきらめきを逸《そ》れた浅瀬に小魚の群れが見えただけだった。

川の向こう岸に遠望されるメタセコイアの大木が、オレンジ色に染まりかけた葉を、仮に今残らず散らしたとして、それが何かを悲しんでのことだと感じるそばから、喜びのあまりのことだとも感じる。何につけ木山はこうなので、思いは定まらず、思索はとりとめがなくなる。それだから人に会えたのが嬉しいということに、それにはやはり、その人の体温や声の波動が、深く関わっているということに思いがおよばない。自分の指輪に較べ、仁保さんのジーンズに利他の意味合いがあったことに感銘したんだと、理に落ちてしまう。いったん理屈をつけてしまうと、それで安心し、銀髪を維持することの仁保さんの苦労話を思いかえすのだった。

橋を渡りきると、そこからは史跡の領域になる。アパートまで、これでおよそ道なかばというところである。かつては城の遮断線として機能していた細長い沼が、道の下に見えるあたりに差しかかると、畔《ほとり》の桜の古木から葉が落ちてきて、これを見て木山は、仁保さんのジーンズのワカメ、あれは蕎麦か何か掻きこんでいて落ちたのだと思った。立ち喰いの店でのことだったとして、どういう具合に落としたら、ああ上手く全体がぺったり貼りつくか、ひとつ試してみようと、枯れ葉を拾いあげようとしたとき、沼の遠くの水面《みなも》が心なしか煙って見えた。大気が夕方のものに変わりつつあるのは感じていたが、まだ寒いというほどではない。こんな状況下でも、霧というのは発生するものなのだろうか、と、沼の防護柵に近づき、そのあたりの水を見てみたが、ぬるい風呂に立つ湯気ほどの蒸気も認められなかった。

しかし今朝は、アパートのベランダから見える川面に霧が立ったはずだ、朝霧は晴れと諺《ことわざ》にもある、と思うに留めて、沼を離れた。

国立大学の敷地の並木道のほうへ歩いていくと、腕を組み歩く若い男女が、道の先に見えた。道に散り敷いたさまざまな色形をした葉の上を、ふたりはしかし、照れているのだろうか、ぎこちない足取りで歩いている。

やがて擦れちがい、少しして木山は振りかえり、小さくなっていくふたりの後ろすがたを見送った。天気の変わりやすい時期、もしひと雨来たら、濡れた落ち葉で道は滑りやすくなる、もっとしっかりつかまったほうがいい。

(世界は悪くなる一方なんだから)

そのとき少年は、ズボンのポケットに両手を突っこんでいなければならない、転倒を恐れて手を出しているようじゃ、信頼は生まれない、と空想に遊んでいた木山の頭を、洗濯物のことがよぎった。雨に降られては堪らないと、急ぎ足になった拍子に公孫樹《いちょう》の実を踏み、靴が滑った。すがるべき物もなく、バランスを崩した背に射していた落日の光の、思いのほか明るかったのを、木山はしかし知るはずもなかった。

カタリナ

知らぬまに夜になっていた。公園の喫煙所にのがれても、僧侶たちの重苦しい読経が木山には聞こえるようだった。それが幻聴か、耳の奥に残った音の粒が鼓膜を顫《ふる》わせるのでもあるのか、わからなかったが、指に挟んだ煙草の烟《けむ》りの、それほど白くも見えていないのは、まだ夜になりきっていないからだろうとは思った。

浜松町駅に着いたのは、午後も四時半を過ぎてのことだった。北口改札を出たあたりで人と会うことになっていたが、六時をめどにとの約束で、当然その人のすがたはまだなかった。店の目星でもつけておこうと早めに来たので、繁華街を下見するつもりだったのが、気がつけば木山は竹芝通りを海岸へ向かい歩いていた。

海に誘われて、というのは誰にでもあることで、気に病むほどの心迷いではないのかもしれない。ただ、こうして自然物を求めての逃避に走るのは、東京に滞在し、大体三日目あたりというのがこれまでの傾向で、今回のように上京した初日の、電車を降りたその足で海を見に行くというのはこれは、ゆるがせにしていいことではなさそうに思えた。首都高速の下を抜ける横断歩道を渡ろうとして、射抜くようなクラクションが空気をつんざいたのが呼び水になって、歯止めがかかり、海はまた次の機会にでもと、肩に掛けていたボストンバッグにまとわる煙霧を振り払うように、踵《きびす》をかえした。

日没直後のことで、浜松町界隈の街路には、まだ天然の明るさが残っていた。飲食店が数多く入っているビルの下に立ち、客を呼びこもうと声を嗄《か》らしている若い男女が、かしこに点々と見えた。大声ということでは、なるほどみんなが叫んでいた。叫びである以上、聞かれるべき何かがあるのも道理ではあったが、子どもの役者が老人を演じているかのような、どこか締まらない倒錯をはらんだ彼ら彼女らの声色は、今の木山には雑音でしかないものだった。喧噪を離れて足早に歩き、増上寺の境内へ入ってしまうと、そこでようやく息がつけた気がした。

先月木山は都内の友人に連絡を入れ、うちふたりと会う約束を取りつけていた。仕事で上京することになったからで、しかしその仕事というのは本業ではなく、テレビ番組への出演だった。四時間ばかりの拘束で、日帰りで済むのは済むところを、往復の交通費も出ることだしと、遊びの予定を入れたのである。東京に出たその晩に、まずひとりと会って飲食し、その後別のもうひとりの家へ行き、そこに二泊して帰る、と、足掛け三日の予定が組まれたのはよかったが、ここで宿痾《しゅくあ》の抑鬱のきざしが認められ出鼻をくじかれた。二年ぶりのことで、しかしこのときは、その不吉な影は翌日になるともう消えていたので、それにつけても健康の欲しさよ、と、空とぼけながらも安堵の胸を撫《な》でおろしたのだったが、後日それが再発しているのを発見し、本式に焦りはじめたのは、出発の日まで、あと何日も残されていない、十二月も第二週に入ってのことだった。出先でなければ、これはどうにでもなる問題だった。自製の十字架の重みに苦しんでいるような顔を見せるのを、木山はひとえに恐れていたので、自宅で謹慎してさえいれば、遅かれ早かれ過ぎ去ってくれる、静かな嵐にも似たものだったからである。

二年ぶりというのは、たちの悪そうなものが出たのが、おおよそ二年ぶりということで、軽微なものはこの二年のあいだに何度か出ており、そしてそのつど木山はこれをちらすことに成功していた。音楽が、その抑鬱解消の妙薬になっていた。あくまでちらすだけなので、根本的な治療とはほど遠いものの、根気よく耳を傾けていると、影は段々と衰え、ついには消失するのだった。それがこの二年というもの連勝続きで、別人格の同居人として、これなら生涯をともにしてやるのも悪くないだろうと、敵に恩情をかけるような油断が木山に、あると言えばあった。

煙草を捨てて、半透明の板で仕切られた一画を出しなに、薄闇に揺れる喫煙者たちの手の中に瞬《またた》く弱い火を見かえった。そこここで立ち昇っている狼煙《のろし》の、こんなにも頼りないのなら、いっそ山中にいるとでも思わせてくれる本物の闇が欲しいところだった。

宵闇に浮き彫りになった増上寺の三門と、光る鉄塔と、ふたつながら目に入り、そんなことでも首都にいる感を強くして、胸が悪くなっていく弱さが出ているのがわかった。駅を指して歩きながら、この数日というもの、朝に夕に治療に努めてきたにもかかわらず、今回に限ってどうしてか上手くいかなかった、増上寺で執《と》りおこなわれていた法要の唱和にしても、からきし効き目がなかったことを味気なく思いかえしていた。

浜松町駅にもどってみると、いかにも会社帰りの勤め人らしい、スーツの上にバルマカーンコートを羽織った弟が、駅の柱に寄りかかっているのが見えた。改札口から木山が出てくるものと待ち設けていた、その背後から声をかけられた恰好で、かすかな途惑いがマスクの上の目の動きにもあらわれていた。

「早く着いたんで、そのへんぶらついてたんだ。やっぱり東京だな。人も店も多いよ」

駅を出入りする人波を避けて歩道の端に寄り、さてどこにしようかと、繁華街のほうへ歩きかけると、

「じつは予約してあるんです。中華レストランなんですけどね」

と弟が言った。この弟というのは、木山の戸籍上の弟ではない。抑鬱の芽吹きに伴う自覚症状のひとつに、近しい人が押し並べて弟妹のように感じられてくるというのがあって、これは年長者に対しても同じで、たとえば自分の両親なども、木山は兄姉ではなく弟妹と感じた。

信号を渡り、路地を数本入ったところの角にあるビルの四階にあがると、刷毛《はけ》の跡の残

る白壁が、小型シャンデリアの光を吸って人肌に似た色合いを帯びている店内を、スタンドカラーの白のブラウスに黒のキュロットという制服すがたの従業員の案内で、三方を壁に囲われたテーブル席に通された。弟がカーテンを引くと、中にいたふたりが立ちあがった。

「妻と、あと娘の佐有理《さゆり》です。こちら、いつも話してる木山さん。ほら、挨拶するんだよ」

「初めまして。今晩は」

「私も初めまして。妻の敏子《としこ》です。夫がお世話になってますみたいで」

弟に促され、木山が奥の席に娘と向かいあう形で着座すると、ふたりも同時に腰をおろした。

「あ、そっちはご指定のやつ頼んでおいたから大丈夫。ドリンクだけ決めて頂戴」

料理のメニューをぱらぱらやっていた弟だったが、飲み物のメニューに目を移すと、瓶ビールにしときましょうかと木山に尋ね、娘のためには中国茶をとった。

「ずっと紹介したかったんですよ」

前菜の到着と相前後して、全員の飲み物がそろった。

「この先こういう会食も難しくなりそうだし、いい機会かなと」

「嘘ばっかり。この人ね」

ポットから注《つ》ぐだけ注いで口をつけずにいた碗《わん》の中の茶を娘は啜《すす》り、母親の顔へちらと目をくれた。

「会ってみたいって言っても、全然取りあってくれなかったんですよ。本なんか読まない人が作家とつきあって、私みたいな本の虫が会えないなんて」

と、箸を置き、グラスのビールをひと口飲むと、過去に木山が作中で用いた人名や地名をさらさらと列挙しはじめた。

「こいつ、本の話ができる人と会えたもんだから、調子に乗って。そのへんにしとけな」

しかしそれからも弟の妻は、木山の小説についての話を続けるのだった。自分と会うに当たっての資料のようなものとして、全作品と言っても、半日もあれば読みきれてしまう分量なのだ、ざっくり目を通してきたのだろうその作品評は、九九の暗唱を聞くのにも似て、歯の根が緩む思いの木山ではあったが、その気遣いそのものには感じ入っていた。

(言わせて貰うとさ)

ふと目がかちあった娘の額に、ほんのり赤みが差していた。

(韜晦《とうかい》が邪魔なんだよ。それと浅い諦観。あれ、うんと減らしたほうがいいみたい)

「いやあ、よく読んで貰って」

「お、来た来た。ここの北京ダック」

揉み手をするように、弟はがちゃがちゃと取り皿を並べはじめた。

「じゃなかった、四川ダック、ちょっといけますから。木山さん、どうぞ喰ってみてくださいよ」

家族を連れてきたのは初めてのようで、弟は妻子にもその味を讃美し、熱心に勧めていた。ふたりが学生結婚で、卒業後ほどなく子どもをもうけたというのは、木山もまえに聞いて知っていた。若くして親になったふたりと、来年中学にあがるという娘との、親子というよりは友人同士を思わせるやりとりを前にしての食事は、独り身の木山には何か気が霽《は》れるものがあったが、このひと時の心愉しさが、抑鬱を軽減してくれるかというと、そんなことはまず望めないのだった。こんな子どもの前であれが出たら事だと気を揉んでいた木山にしてみれば、四名での利用は九十分までとの店側のつごうは、何にせよ勿怪《もっけ》の幸いだった。

「やだ、佐有理。花なんか食べて」

「これって食用花だよね。駄目なの?」

「ダックもいただきなさい、ダックも。美味しいから。ところで木山さん、今回東京にいらしたのは、やっぱりお仕事の関係?」

「お仕事じゃないんだな」

木山が言葉に詰まっていると、弟が引き取った。

「こうやってただ人と会うのが、木山さんの上京の目的なんだ。こんなご時世だからこそ、旧知の交流を大事にしようと思ったんだそうだよ。友達のところに泊まるんでしたよね、たしか練馬のほうの」

明日の仕事のことを、木山は弟に伏せていた。できれば誰にも知られずにおきたいくらいだった。テレビに出るなんていうのは自分の役目じゃない、適役ならほかにゴマンといるだろうにと思っていた。実際、出演を依頼されたとき、木山は一も二もなく断ったのだったが、追って手厚い文面のメールが先方から届き、これにほだされる形で引き受けることになったのだ。

「無駄な金使うなって言ってくれてね」

「そう言えば私も、最近友達と会えてないわ」

「友達どころか。出張なくなるわ在宅勤務増えるわで、俺もいろんな顔忘れたよ」

大人たちの会話に聞き入っているとも、まるで関心がないというふうでもなく、畳んだままのナプキンの上でときおり光るスマートフォンを構いつけながらも、娘はてきぱきと食べていた。そのようすを見るともなく見ているうち、初めの挨拶のほか、この子とまだ一語も言葉を交わしていないことに木山は気づき、尋ねてみた。

「佐有理さんはどうです。会えなくなって、今会いたいって思う人、いますか」

（やい、二枚舌）

むしゃむしゃと手摑みで花を食べていた赤い仔犬が、歯を剝《む》いて木山に吠え立ててきた。

（いい振りこきの、虱《しらみ》たかり）

抑鬱の進行過程で毎度お目にかかる、イヌ科の動物のイメージの登場に、木山はすっと血の気が引いて、チックが出ているようにも感じ、笑えていないだろう口もとだけでもせめて隠そうと、抗菌マスクを掛け直したが、時すでに遅しのようだった。テーブルの空気は一変しており、何かそそくさといった感じで、三人は無言で杏仁豆腐を食べはじめ、食べきってしまうとプーアル茶を、こちらも黙ってそそくさと啜った。追って木山もデザートに取りかかろうとマスクをはずし、枸杞《くこ》の実をスプーンでひと掬《すく》いしたところへ、先の白黒の従業員が会の終了を告げに来た。

店を出て、エレベーターを待っていると、弟の指摘で木山は忘れ物に気づいた。ショルダーストラップ付きのボストンバッグで、厚手の上着など着こんだ上から斜め掛けにしていると、手ぶらで来たような錯覚に陥り、どこぞに置き忘れたりすることがあった。店にもどると、事情を話すまでもなく、バッグを捧げ持ち立っていた従業員の男と鉢あわせた。

「ダンスの先生です」

店を出たところのドアマットのそばに、弟の娘が立っていた。

「あのふたりに知られるの、無理だったんで」

軽く爪先立つようにして、弾みのついた小声で娘は囁くと、エレベーターの中で早く早くと手招きしている両親のほうを指差した。

路地を抜けた信号の手前で一家と別れ、大門駅で地下鉄に乗った。まずまずの混みようで、ドア近くの吊革にさがり、窓に映る自分のすがたを眺めているほかなさそうだったが、ガラスの黒さに心の影が呼応して、さらなる影の群れを呼びこんでは困ると、目を閉じて、しかし十五分ほどそうしていると、周囲から乗客がいなくなり、ちらほらとだが空席もできていた。

今日見たものの中に、何か縁起物はなかっただろうかと思いめぐらしていると、増上寺の本堂で見た阿弥陀如来坐像が胸に蘇りかけたが、何しろ遠目で、印象が薄かった。堂内には参拝者のためにパイプ椅子が置かれてあった。手近な椅子に腰をおろしかけて、前に座っていた男の耳の下あたりに見えた〈怒髪衝天〉という入れ墨の、その薄青くテカりさえあるのに、何だ虚仮《こけ》おどしかと木山は気を削《そ》がれ、そのまま堂をあとにしたのだった。

光が丘へは、まえにも一度来たことがあった。盆過ぎの暑さが和らぎはじめた頃のことで、昼日中での訪問だったこともあり、地下鉄を降りて地上に出てみると、なるほど光が丘だと、その光の量に目をしばたたいたものだった。

暗く冷えこんだ夜道をものの数分と歩かない立地に、弟が昨年越してきたというマンションはあった。勧められて入った風呂からあがると、弟はダイニングチェアに木山を座らせ、冷蔵庫から缶ビールを取り出して寄越《よこ》した。この弟は、浜松町の弟とはもちろん、別人である。今回木山はこの家に二泊させて貰う予定だったが、健康状態にかんがみて、明晩はひとりでいたほうがよさそうだと、会うと早々に明日の宿泊を辞退したのだった。これを弟は、家内に妻子のすがたがないことから木山が気を回したのだと曲解し、それで木山は、明日帰らなければならなくなったと嘘を言った。明日は上野で、カメラを向けられる時間が待っている、魂でも抜かれたみたいな有様で、真っすぐ帰宅できる自信もないと、先ほどの中華レストランで明日の一泊分の宿の予約を弟に頼んだのだった。

「こんなに喰えるかな。喰ってきたからな」

こちらは下戸で、そんな弟への土産にと持ってきた黒糖饅頭の折詰は、調理台の上に紙袋のまま置かれていたが、弟の妻とでも飲もうと持参したウイスキーはすでに箱を剝かれ、料理を盛った大皿のそばに据えられてあった。

今夜はもう酒を飲む気はしなかったが、飲まずには眠れそうにないのもあって、製氷機の氷が山積みになったふたつのタンブラーに弟がなみなみウイスキーを注ぐのを、別段不審にも思わず、ただ眺めていた。注ぎ終わると、前夜の残りものだという大ぶりの肉団子を弟は温め直すでもなく、白い脂《あぶら》が表面に浮き出しているのへ箸を突き刺し、かぶりついた。夜店のりんご飴を連想し、子どもの頃に行った、どこの祭りだったかで見た光景に、浜松町の夜景をかさね思い浮かべているうち、弟は腹が落ち着いてきたのか、ふうっと椅子の背にもたれた。

「お前さ、あの部屋、誰の部屋だと思う」

木山が荷物を置いたのは、玄関を入ってすぐの、マンションの共用廊下に面した部屋だった。電灯を点けずに、ドアを開けていると届いてくる玄関の明かりの中で、木山は部屋着に着替えなどしていたので、中のようすは把握していなかった。ただ、ぬいぐるみの手足のようなものがベッドの下から覗いていたのと、隅の暗がりに白く浮いて見えていた、ハート形の鏡がついた化粧台から、漠然と子どもの部屋だろうと思っていた。

「美津紀《みつき》の部屋なんだよ。どうもな、鬱らしいんだ」

象形文字なのではと疑われてならない、その凶々《まがまが》しい鬱という漢字を木山は思い、無意識のうちにタンブラーを摑んでいた。ガラスに噴き出していた水滴を手のひらが残らず吸いあげていくような、ある感じがあった。

「過呼吸が出たり、急に泣き出したり」

春先に、その最初の兆候があった。肩や首回りが重くなって、整体や鍼灸の施術を受けると治まるものの、数日すると、また痛みはじめる。心療内科を受診することが夫婦のあいだで話しあわれたのが、八月の末のことで、しかしそのまえに会社を休職し、経過を見てからでも遅くないだろうと、在宅授業がはじまった娘と家で過ごすようになってからは、快方に向かっていくようだったのが、先月に入って、変調を来した。弟の言うその変調というのは、木山も身に覚えのある、症状の悪化を喰い止めようとする思いのあらわれ出たもので、彼女の場合、ネットショッピングだった。対象はいずれも子どもの頃に持っていたような玩具《おもちゃ》のたぐいで、三日にあげず届けられるようになった宅配物で部屋が埋め尽くされていく中に、しかしあるとき、裁ち鋏《たばさみ》が混じっているのを弟は見つけた。何に使うのかと尋ねてみると、小学生の頃、クラスの男子にガムをつけられて、泣く泣くそのあたりの髪を切ったことがあった、そのときの男子が現在勤めている職場を突き止めた、復讐のために用意したのだと、涙声で言う。

「お前に黙ってて悪かったけど、話聞いて欲しいのもあってな」

妻の実家に事情を話し、しばらく妻子の面倒を見て貰うことになって、ふたりがここを出ていったのが、昨月木山が上京すると電話を入れた、そのつい数日まえのことだったという。

「むかしの知り合いで」

怒りの矛先をよそへ向けられているのは、彼女にとって救いかもしれない、自分を憎むようになるまえに、と、それでも木山は、それが自身のことだと弟に言えないのだった。

「症状が出始めのときに、それをちらすっていう人がいたよ」

その人の場合、頭の奥の深いところに、黒い目薬でも滴下したみたいな、じくじくした染みができたのをまず感じる。十日ほど経って、その色が薄まるでもなく、そのまま残っているようなときは危ない、成長の芽を摘む必要が出てくる。さもないとその染みは、宿主と同じか、どうかするとこれを上回る黒い大きな影にまで成長してしまう。朝、目が覚めて体を起こそうとしても、胸に重石《おもし》を載せられたようで、動けなくなる。そうなるまえに、手を打たなければ。

「音楽が効く、とその人は言うんだな」

その十日目の朝から、毎日数時間、音量はあまり大きすぎてはいけない、愉しむというよりはひたすら鼓膜に流しこむ感じで、音楽を聴く。脳内洗滌《せんじょう》とその人が呼んでいるこの処置は、二日ほどで切りあげていいときもあれば、たっぷりひと月かかることもある。その頃合いにばらつきがあるのは歯痒いが、ありがたいのは、これを続けていれば、その染みはきっと弱まるか、上手くいけば消えてなくなってくれるということで、そういう奥の手が残されていると思うだけでも、日常生活の負担が軽くなる。

「脳内洗滌ね」

聞きながら舐めていた微量のアルコールに、弟は屈服しかかっているようだった。

「美津紀に効くかねえ」

「クラシックの、オペラだとか、声楽曲が特に効くらしい。ただ、この頃はもっと編成の小さい、歌曲みたいなやつのほうが、俺は」

と、ここで架空のその人がいなくなり、口を滑らしたと木山は押し黙ったが、その俺の登場に対しての、弟の反応はなかった。

「まあせっかくだし、お前にお勧めの曲、訊いとくか。クラシックなんて、俺たち何にも、知らねえから」

弟に水を飲ませると、つごう十枚ほどのCDが入ったケースを取りに、部屋へ行った。薬にしては持ち重りがすると思ったが、音響データでは効き目が弱いような気がし、持っていくことにしたのだった。

玄関脇の部屋に入り、敷居のあたりに立っていると、部屋を明るくしてみたい誘惑に駆られたが、そうして目にすることになる、何がどう、今の自分に働きかけてくるか怖くなり、そのままにしておいた。あのとき薄明かりの中で見て、子ども用のものだと思った化粧台が、実際は広辞苑ほどの大きさもない、人形遊び用の玩具だったと、薄闇に慣れてきた目でわかり、何だってこれが、あんなに拡大されて見えたのか説明がつかなかった。

昨日に引き続き、大江戸線で大門へ行った。電車を降りて地上を歩いても、地下にいたときの胸苦しさは変わらなかったが、道を行くにつれて海の匂いが強まってきて、見あげればその下に波が立っているのがふさわしいような、冬空の抜け加減だった。竹芝通りを海岸のほうへ歩いていれば、遠くからでもすぐに見えてくるはずだと弟夫婦が言っていたホテルは、他のビル群に隠されてなかなか見えてはこなかった。

フロントで予約者である弟の名前と自分の名前を従業員に告げ、示された用紙の中の空欄を埋め、先払いだというので宿泊料金を支払った。入室できるのは二時以降とのことで、ひとまず荷物だけ預け、竹芝駅へ行き、ゆりかもめに乗った。新橋で降りて山手線に乗り換えたのは、仕事が上野桜木であるからで、とりあえず電車に乗りこんではみたものの、現場に到着しているように念を押されていた午後一時まで、まだだいぶ時間があった。そこでほどなく着いた鶯谷は見送って、ひとつ先の日暮里で降り、谷中霊園まで足を延ばしてみることにした。

改札を出て、陸橋を渡ったところから階段をのぼっていった。ひらけた道の先に見えてきた駐在所の角を曲がり、細い道をしばらく歩いて、霊園の南のはずれと思われる一画まで出てみると、そこのあたりの墓石の多くは、鴉など羽を休めに降りてこようものなら、それだけで崩れてしまうのではと心配されるほど古色の深いものだった。思わず足を止め、苔の柱かと見まがわれる一基に立てかけられてあった卒塔婆《そとば》のうちの、一本だけが妙に生白く、先端が空に喰いこんで見えるのを眺めていると、どういうわけか遠いむかしの、幼稚園の夏祭りでの一場面が鮮明に思い浮かんできた。

法被《はっぴ》を着た園児たちが近所を練り歩く催しがあって、ささやかなものだったが山車《だし》も出た。この山車の乗り手を決める籤《くじ》に木山は当たり、山車に結わえつけられた綱を、他の園児たちに引かれて園を出ることになったが、このとき綱の引き手の中に、べそをかいている子がいるのに気づいた。数歩歩いては振りかえり、じっとこちらを見据えてくるのが木山はどうにも気味が悪く、そばで指揮を執っていた大人をつかまえ、自分とその子の役を替えてくれるように頼んだ。それが当然だというように、その子は山車に乗りこんで、木山は木山で、その他大勢の輪にもどることができた嬉しさに、綱を引く手にも力がこもったのだが、そのときおぼえた競争から降りる歓びは忘れがたいもので、それからというもの、たとえば弁当のおかずの交換では、自分の好きなおかずを相手の弁当の中でいちばん取るに足らなそうなおかずと取り換える、また、玩具を貸した友達が、かえすのを忘れているようなときには、貸したのを忘れた顔をするようになった。小学校にあがってしばらくすると、この傾向は鳴りをひそめるようになったが、人の小狡《こずる》さを、肚《はら》では断罪し、しかしそのことはひた隠しにするという、また別の防御のための武器のようなものに、時を経ると掏《す》り替わっていた。この言うなれば狭量さが、抑鬱の発生にどこかで手を貸しているのではと思い当たり、この際検討してみてもよかったが、追憶の内にも数分が過ぎており、約束の時間がすぐそこに来ていた。

霊園をあとにすると、車二台が擦れちがうのも難しそうな住宅地の細道を急いだ。大正期に建てられたという、近代木彫の発展に寄与するところ大だったという彫刻家の旧居宅が、番組の収録場所だった。そのどこかモダンな感じのする建物を探し当て、開け放たれた門の前に立つと、すべすべした樹肌の庭木が建物の二階部分を縦に劃《かぎ》っているように、木山の位置からは見えた。曲がりくねったその枝ぶりから、苦悶にのけ反る人体を表現した木彫作品を思い描いていると、ふと尿意を催し、近くにコンビニがあったような記憶を頼りに、小走りに道を引きかえした。この記念的建築物には、水道が引かれていないのだったか、引いてはあるものの水を流すことができないのだったか、とにかく便所が使えないのだと、番組制作会社の人間に注意を受けていたからである。

なるほどセブンイレブンがあるにはあったが、中に入ってわかったのは、便所が使用禁止だということだった。こうなると尿意というのはいや増してくるもので、さてどうしたものかと店を出て途方に暮れていると、道のあちらに公衆便所があるのが見えた。セブンイレブンに袖にされ殺到したのだろう同類が、行列をつくっている。その最後尾に木山も並んで、用を足した男が出てくると、列の先頭の男が中へ駆けこみ、また別の男が出てくると男がひとり消えているというのを、もどかしく見送っているうち、番が回ってきた。

いつのまにか後ろに並んでいた男が、待ちきれなくなったのか木山と同時に中へ入り、背に張りつかんばかりの真後ろに立った。いかにも上野だなと、膀胱《ぼうこう》の限界に苦しむ男の息遣いを熱く耳裏に受け止めながらの、おかしな排尿とはなった。

後日、思うところあって出演料の受け取りを固辞することになる、このテレビ番組の仕事に加えて、もうひとつ木山には、このたびの東京滞在中に片づけておきたい用事があった。小学生時代の後半期を過ごした町を再訪するというもので、町内を歩き回り、あれこれとメモをとるつもりだった。清瀬市に隣接しているその町へは、くだんの光が丘の弟のマンションからだと東武東上線でわけなく着けるのでもあったが、今ではその気もあらかたなくなっていた。

真っ向から吹きつけてくる風が、前を歩く人の体にぶつかって、ところが寒気は弱まらないらしく、吐く息を白く、冷たいものにしていた。長葱の先をブロック塀に擦《こす》りつけながら、路地に入っていく人と入れ替わりに、わっと子どもたちが駆け出してきて、また別の路地へ吸いこまれていく。遅れをとるまいと、まだ街灯が灯り初《そ》めの上野桜木の薄暮の中を、木山は根津のほうへ歩いていった。

道が不忍通りと交叉するところで左へ折れ、かつて黒門町と呼ばれていたあたりまで出た。テールランプの赤い帯ができている車道と、青黒い池水に挟まれた道を歩きながら、この池の枯蓮《かれはす》のどこかに、まだ開いていないような若い葉がないものかと、目をさ迷わせてみたが、今の季節にはそれは望みようもなかった。

御徒町で電車に乗って、ホテルに帰り着くと、買ってきた物を冷蔵庫に詰め、椅子に腰をおろし、何となく点けたテレビを相手にウイスキーのミニボトルをひと瓶空けた。昨夜眠れなかったぶんの穴埋めのためにもと、寝間着に着替え、ベッドに仰向けになってみたが、眠ることに真剣になりすぎるのもどうかと、読書灯は落とさずにおいた。自律訓練法の公式の第一、右手が重たい、左手が重たいを胸の内で唱えて、しかし第二公式にも移らないうちに気が散って、床のボストンバッグに目がとまった。自分にはもう効かないからと、持ってきたCDを木山は弟のところに置いてきたのだったが、行きの新幹線で聴いた一枚が、ポータブルCDプレーヤーに入れたままになっていることに、今さらに気づいた。ベッドを降りて、バッグからプレーヤーを取り出し、蓋を開けてみると、そこにあったのはジョン・ダウランドのリュート歌曲集だった。

ベッドにもどり、再生ボタンを押して目をつむると、語りかけるような按配《あんばい》にボリュームを絞ったテノールの独唱が、イヤホンを通して聞こえてきた。次いで二部、三部と異なる構成の楽曲を交互に何曲か聴いて、するうちに心拍が正常に、呼吸も楽になってくるのを感じたが、少し内容を追いすぎたせいか、眠りからはやや遠退《の》いたようだった。頭の中に、ヒトの形をした赤い影の群れがあらわれて、瞼の後ろにわさわさと押し寄せ、ある影は跳躍し、ある影は腕を水平に広げて旋回をはじめ、ああ、これはあの人だ、あれはあの人だ、と、この二日間で会った人たちの顔が、影のそれぞれに定着しかかった頃、余白に遅れて来た影が滲み出してきた。

望遠鏡でするような具合に照準をそちらへあわせるまでもなく、その緑色をした影にどんな顔がつくか、木山は知っていた。なぜかはわからない、またいつもそうなのだが、子どもの自分の顔なのである。

鍵を返却すると、ロビーの一人掛けのソファーに座り、朝刊を開いた。ぶち抜きの高い天井から吊りさげられた金属製の糸のようなものを見て、それが一種の装飾であることに気づくまで、ひどい雨漏りだと思いこんでいたのは、自身の心の反映を木山がそこに見ていたからかもしれなかった。靴音を響かせて、ロビーに思いがけず妹が入って来たのが見えたので、よう、と声を出しかけて、いやいや他人の空似だと新聞を畳むと、椅子を立ち、ボストンバッグを背に斜めに掛けた。

ホテルを出たところが湾を一望するテラスのような設えになっていたので、その海寄りのほうへ行き、手摺《てすり》に肱を載せ、潮風を吸った。昨夜は結局寝つかれず、妹のひとりに電話をかけたのだった。どこそこのホテルにいるから来ないかと、駄目でもともと、しかし小一時間もしたらあるいは、と、つまるところ女に甘えたのだったが、その妹から、最近恋人になれそうな男との出会いがあったと聞かされ、こうしてぽつんと海を見るようなことになった。

湾上を遠ざかっていく高速船の船体が消え、白い飛沫《ひまつ》だけになったところで、ここらで退却としようかと、浜松町駅まで歩き、帰りの新幹線で、抑鬱と眠りと、どちらがおりてくるだろうと思いめぐらしながら、山手線のホームのほうへ歩いていると、京浜東北線の看板が目に入った。

　年内に渡さなければならない原稿を一本、木山は抱えていた。ギャンブルについてのエッセイで、十年ほどまえに、知人に同行し平和島競艇場を訪れた日のことを、社会科見学の作文風に書いてみたらどうかと考えていた。午前のレースの成績しだいで、午後は競馬場に移動することになると、その年輩の同行者に言われ、木山もその気でいたのだが、連れていかれたのは第一京浜を渡ったところの路地の奥にある、金網越しに競艇コースが見える場所だった。そこに車座になって何か談じあっていた男たちに、同行者が木山のことを紹介すると、入場料もテラ銭もとらない、安心して遊べ、と中のひとりに言われ、大いに当惑したものの、とにかく印象には残ったその日のことをエッセイのマクラに振るつもりでいたので、あの非公営の賭場が今どうなっているか、たしかに気にはなっていた。

　あの日知人と落ちあった大森海岸駅へは、京急本線を使って行くのが順当らしかったが、目と鼻の先に京浜東北線のホームがあるのがわかると、電車の乗り換えがいかにも面倒に思われ、眠け覚ましもかねて大森駅からは徒歩で行くことにし、大船行の各停に乗った。

　瞼が落ちてきそうになるのを持ち堪え、十数分ほどして下車し、駅の東に延びる歩道を大森海岸駅を指して歩きはじめたが、少し行くと、交差点の向こうに中古本のチェーン店が入っているビルが見えたので、本のほかにもさまざまな中古品を取り扱っているその店で、何かいいCDが見つかればと思い、エスカレーターで三階まであがった。

フロアーに降りてまず感じたのは、踏みしめた床の、硬いのだかやわらかいのだか、何か判然としないことだった。無毛の巨獣の背、あるいは、敷き詰められた本の上にでも立っているような感触で、通路の奥からは、手数のかなり抑制されたアコースティックギターの独奏が聞こえてくるのである。

初め木山の耳が捕らえたのは、五指で掻き鳴らされたような、変拍子的なリズムの音のかたまりだった。そこへギターのボディを叩くのらしい音が加えられたことから、スパニッシュギターを連想していた。奏法がどうの間合いがどうのといった、批評的な見方から自由になれたのは、ひとえに眠かったからで、そうやって頭を空っぽにして聴いていると、暗く沈んで聞こえていた演奏の中にも、強い肯定の響きの発見があって、その作為のない、自然な音の運びの前では、自分ひとりの生活の影など、過剰な自意識の産物にすぎないように思われてくるのだった。

あきらかに生演奏で、誰かが楽器のコーナーで試し弾きをしているらしかった。その人に礼を言ったところで、妙な顔をするだろうことは木山にもさすがに想像がついたが、しばらくやんでいたものの、再び奏でられはじめたその音の鳴るほうへ近づいてみると、壁に掛けられたギターの弦を、床に割座《わりざ》した子どもが触っているのが、通路の前方に見えてきた。四歳くらいか、と、さらに距離が縮まると後ろすがたからでも見当がついたその子どもの、長く伸びた髪は床まで届き、毛先が丸く反っていた。

　せめてはその顔だけでも見ておこうと、帽子の日除けのタレのところに、〈うちだえりか〉と、マジックで小さく書かれてあるのが読み取れるところまで近接し、しかしここで店のアナウンスに夢想を破られてみると、保育園帰りでもあるような恰好をしたこんな幼児が、長いことひとりきりでいることの不自然さに思い至った。ざっと見渡しただけでも、店内には十人余りの客がいた。このうちの誰かが、あるいはこの子どもの保護者なのだろうが、万一のことを考えて、木山はもうしばらくここにいて、子どもから目を離さないでおくことにした。

　なおも憑《つ》かれたように、また無関心でもあるようなようすで、目の前のギターのナイロン弦を子どもがばさり指で掻き鳴らすのに、何が名人だと鼻白《はなじろ》んだあとでも、木山は耳を奪われてしまう。開放弦に触るだけで、こんな音楽が生まれるのは、チューニングの狂いが絶妙だからだなどと理屈をつけて考えることは、もはやできなかった。

「あの、お客さま。何かお探しですか」

　ふいに声をかけられ、顔を向けると、本を詰めたカートに手を掛けた従業員が不審げに見ている。その決然とした表情から、自分が子どもを見すぎていたことに木山は気づいた。返答しあぐね、黙っていると、従業員はカートを押してその場を離れていったが、なおもちらちらと木山の挙動に目を光らせているようだった。

「お気の毒さま。誤解されちゃったみたいね」

と、ここで子どもの手がおりて、体の他の部位はそよとも動かさずに、頭だけで振り向いた。水を飲んだばかりの優しい動物のような、自足した静けさをその目は湛えていた。

「護《まも》ってくれてたのにね。誰かに連れていかれないように。ママがずぼらだから」

「おお、うちだえりか。素晴らしい演奏だった。脱帽するよ」

「また虚勢張って。私のこと見てやってたって、あの女にはっきり言ってやればよかったじゃない。そんなに難しいこと？」

山車を降りた子どもの顔が青い狼のそれになり、アハハ、と口を開け、笑う。

「あ、持ってないんだ」

「何をさ」

「主張。表現されるべき個性」

蔑《さげす》みと憐れみの入り混じったその笑顔のよさに、思わず顔を伏せ、胸の内で、木山はほとんど叫んでいた。

「おお、うちだえりか。俺は、何からはじめたらいいんだろう」

「そうねえ」

顔をあげると、子どものそばに若い母親が立っていた。

「怒鳴り散らすのもいいし、泣くのもいいわね。げらげら笑うのだって有効よ。そんなふうに感情を溜めこむのが、今のあなたにはいちばんよくないんじゃない？」

　母親に腕を取られて立ちあがると、子どもは未練げに、そのあたりにあったギターの弦をやみくもに叩きながら、母親のあとについてすたすたと立ち去っていった。

　エスカレーターを駆けおりるなんて、よくない行為だとの非難がこめられた視線を背に浴びながらも、なお足を速めて、木山はビルの外へ出た。冬の午後の陽は弱く、ダウンジャケットのファスナーをすっかり首が隠れるまであげ、背に負っていたボストンバッグを肩に掛け直したことで傾いた体を、ふらふらと前へ進ませていった。企業のビルが建てこんでいるあたりを通り抜け、首都高速の鈴ヶ森入口が近くにあることを示す標識を過ぎて、さらに歩いていくと、〈平和島〉と書かれた青看板の向こうに京急本線の高架線が見えてきた。

　高架下に行き、むかしここで人と待ちあわせたときのように、ガードレールに腰をおろしたが、頭上を轟音とともに去っていく電車が降ろしたのらしい人の集まりが、改札の向こうに見えたのをしおに、高架下を出て、歩道橋の階段をのぼった。第一京浜を忙しなく走り過ぎていく車列を見おろす橋の中ほどまで来て、さすがにくたびれ、足もとにボストンバッグを置くと、欄干《らんかん》を摑み、曇り空を見あげた。しかしすぐに手を放し、腕を突きあげて伸びをしてみると、これに誘発されたのか、大欠伸《あくび》が出た。個性がないのなら手段だ、手段、と、差し当たり木山は涙を流すことからはじめていた、自分のために。何が悲しいというのでもなく。

ながれも

春の月影が、こんなにも明るいものだとは知らなかった。この季節に見る月は、薄雲か何かでぼうっとかすんだ、朧月《おぼろづき》に決まったものと思っていた。それだから光の暈はささやかで、路《みち》は仄暗く、夜歩《よある》きには向かないのではとの懸念はしかし、杞憂だった。

空の領域においては白々と、地表に近づくにつれ、青みがかっていくように思える無量の光が、音も立てず落ちている。夜の浸潤を、それは和らげているというより、撥《は》ね退《の》けているとでもするのが的を射た感じで、それでいて気負わず、静かに力強いのが、見ていて何か清々するのだった。猫の目ほどの大きさで、よくもこれだけの光を降らせるものだと、月というものの、延《ひ》いては太陽の、破格な底の知れなさを思えば木山でなくても気が遠くなるというものだ。

ここにたどり着くまでに、ふたつあった橋のうち、南北に架けられたほうを渡るのに進行方向を転じた以外には、おおむね東へ向かい歩いてきたので、このかんずっと、月は視界のどこかに入ってはいた。ただ、近所の土手道におりたとき、ああ、月が出ていると思ったきりで、特段注目もしてこなかったのへ、今になりこうも惹きつけられているのがなぜなのかわからないのだった。

　足を止めたのは国道沿いの、木々の葉のかさなりの黒々としたかたまりを背にしての、公園脇の道端だった。先の大戦中には防空壕が造られたとも聞く、古くからある緑地公園で、国道を距《へだ》てた向こうにも見える、もう一方の広場と併せて、ひとつの公園をなしている。

　道に分断されたあちら側が、何より桜の名所として名高いことは、木山も知っていた。けれども、時節柄開花が迫っているのか、ぽつぽつ花開きはじめていたのが満開を迎えるところなのかどうかは、夜目のうえにも遠目で花芽のようすなどわからず、何とも言えなかった。しかし今、国道を渡って、何かの花の香りが届けられてきているのはたしかなようで、長い冬を経て、ふくらみきった蕾《つぼみ》の切れ目から、中に折り畳まれた花びらの立てる初発の芳香というのが、こんなふうな生《なま》なものであったとして、不思議がることもないように思えた。まず桜だろうと断定しかけて、いつかあちらを歩いたおりに、紅梅の古木を見たことを思い出し、すると梅の花かもしれないと、鼻をひくつかせてみたものの、どちらともつかないのだった。

　夜桜見物などで、花は暑そうに咲きみだれているのに、見ているほうは寒さに気を呑まれているというのは、ありがちなことだ。春が来たというので空気がぬるくなったのはなったとして、あまりこれを真に受けて、春の服で出かけたりすると、体感としては冬場の外出と変わらなくなる。厚着にしてよかったと木山はつくづく思い、実際に上着は前をはだけてもよく、漫然と歩いているだけで、どこやらがじんわり汗ばんでくる、暖かい夜だった。

　高速道路の出入り口に近いつごう上、車線が九つにも増え、たっぷりとした幅のある国道を前にたたずんで、月を気にするのはどういうわけかと理屈を捏《こ》ねはじめ、どれくらいになるだろうか。車が一台も視野をよぎらないのはたしかに変だとは思ったが、それを言えばこれまでの道々、ただのひとりの人とも行き交わなかったのも、夜のことではあるにもせよ、そう深くもない時間であってみれば、なるほどおかしな話なのだった。

　けざやかな月明かりに、花の香《か》が混じって、意識のどこかを朦朧《もうろう》とさせていた。酔い心地になったのにも似て、一切の判断に狂いが生じてきたようで、胸にわだかまっていた悲しみの、その内訳はもとより、度合いもはっきりしなくなったうえ、それが他人の目を借りても、果たして悲しみと映るものかどうか怪しまれてくるのが、愉快でもあった。それでたとえば、子が親を見るような思いで、自分は月を見ていた、そもそもこれがお門違いだったとすれば、今の月への関心も半減ということになりそうで、これ以上、夜道に立ち尽くしている理由もないようなものだが、さて道を引きかえそうとして、帰るのに本気にならないのだった。

目線を国道に落とし、そこからすっと空を見あげ、また顔を俯《うつむ》けてを繰りかえし、最後にもう一遍《いっぺん》月へ目をくれて、それまで満月だと思いこんでいた、その右の縁に、わずかな欠けがあるのに気づいた。昨夜ベランダで煙草を喫《す》っていて、空に吹いた烟《けむ》りの中に光っていた月、あちらが満月だったとしたら、目の先にあるのは十六夜《いざよい》の月にもなるわけで、吠えかかるにしても、これだとどうにも絵になりにくい、その月のおもてを、何か白いものが掠め去った。レジ袋らしい、とはすぐに思ったが、今の目で見るとそれは、飛ぶ鳥で、渡りの群れにでもはぐれたのだろうと、暗い空を翔けゆくのを見送っているうち、思いがけずそれが国道の上へ舞い降りてきた、その不時着で、道が雪どけの水を集めて奔《はし》る河川になった。

川か、と木山は虚を突かれもした。しかし胸の内では、それほど驚きもしていなかった。何年かまえまで数年住んだ借家の窓から、いつも見えていた馴染みの川だったからで、自然が気まぐれに現出させた幻にもせよ、知らぬ仲でもないのであれば、目の前にあって妖《あやかし》の感じもしないのだった。

しみじみと、むしろ懐かしさをおぼえ、この河畔をよく歩きもしていた頃に体が引きもどされていく錯覚に、進んで従う気になっていた。ただ月が、夕月か、午後も晩《おそ》い太陽を思わす色をしているのが、何のためそうなったのか呑みこめず、けれども月の光というのは、つまりは太陽の光なのだから、そのままこれを太陽と捉えて差し支えないはずで、そこの川辺をよく訪れていた、とりわけ初夏の日を思い夜道を歩くのもいいかもしれないと、夜という時間をどう過ごしたものか、いつもながら持て余している木山ではあった。

新緑の頃に、この川べりの土を踏まえ仰ぎ見る落葉松《からまつ》には、部屋の窓から遠望される楚々《そそ》とした風情のものとはまた別の、何か冒《おか》しがたいような威厳があって、それが見たさに、木山はよくそこへ散歩に出たものだった。この落葉性の針葉樹の、ことにもその若葉には、よそでは見られない清新さが備わっていて、土手の際《きわ》まで耕された畑地のどこかにでも、昨年の落枝《らくし》の中でも、目立って損壊の激しいものを見つけたりすると、あれがこうもなるのかと手に取り検めずにはいられなかった。

川を見おろしながら歩くうち、その先が葦原《あしはら》にさえぎられ、これを分け入ってまで進むこともないように思えてくるのは、そのあたりで川が灌木に隠され、すっかり見えなくなるからだった。それで畑だったのが、いつしか田んぼに変わっている、そこの畔《あぜ》づたいに農道のほうへ回らねばならなくなるのだが、こちらはコンクリートで舗装されているから、草の根や土に足を取られたりしない、その限りでは歩きよい道になる。ただ、ここまで来てしまうと、もう川の匂いも、崖上の林に塒《ねぐら》を持っている鷹が落とす影も届いてはこず、川へ来たことも散歩に出たのも忘れたようで、部屋にいるのとの区別もつけにくくなっている。

東の空の中ほどにある月、太陽になぞらえられたそれへ、ところがいざ背を向けてみると、思いのほか視界が暗み、背中は暖かなのに胸や腹のあたりが冷えてくるようで、上着のファスナーを下半分ほど木山は引きあげた。農道が尽きるところで左へ折れ、少し行けば川とはまた再会できるので、そのつもりで歩いたのだったが、こうして水場を離れると、たちまち昼が夜に、田畑がビルに、コインパーキングにもどってしまうのがつまらなさに、おりよくこの近くにも桜木の一本もあるのだろう、かすかに漂う花の香りに、案内を託した。するとまた別の景色が見えてきて、このまま県道へ出て、街灯も多いそちらから帰るのが、目も足もよほど楽なのにはちがいないのだが、住宅街の薄暗がりのほうへ回り道をし、沢辺の桜草《さくらそう》を見て帰ることにした。

車線にして九本もの幅があった、先の川は本流で、こちらはその一支流にすぎない川だから、大様《おおよう》さということでは見劣りするとしても、源流域までの距離が短いのもあって、水質のよさとなるとその差は較ぶべくもなかった。あの本流にしても、この支流にしても、れっきとした名前を持っており、もちろん木山はどちらも覚えていたが、妄《みだ》りに今はそれを口にしたくなかった。たとえば古い友人の、名前より先にその顔を思い出したとき、次にはその人の年齢や職業、家族構成といった社会的属性はさて置くことにして、ともに過ごした時間の再現に熱を入れたくなるのにも似た思いからだった。

この川辺にも、やはり松の木があった。こちらは赤松で、すっくと垂直的な落葉松と好対照に、赤みがかったその幹や枝のうねりには、火焔を思わす抽象的な味があり、これを育む土壌そのものをも儚《はかな》くさせて、あたりをさながら火の土地の印象にしていた。そばの草地に打ち棄てられたセダンがあって、油でも撒《ま》かれたのか全体に黒い焦げ痕があるのも、暗にその秘密を物語っているかのようだった。遠いむかしに、人がこれに乗り、公道を走らせていたのを彷彿させる何物も留めていない、この廃車を尻目にかけて川を離れ、淡々《あわあわ》しい葉をつけた藪の中に入ると、そこから靴がじくじくしてくるのは、小さな沢が網の目になって流れ交わしているからで、湿地にはちがいないのだが、周囲に高い木がないと案外と陽は射してくるものらしく、乾いた草葉の堆積などもあって、そこに楽々と胡座《あぐら》をかくことができた。

川のほうへは以前から足繁く通っていたものの、流れを少しはずれたこの小沢の集合場所に腰を落ち着けるようになったのは、そこの近辺の村に、日本羚羊《にほんかもしか》が出没するのを知ったのがきっかけだった。農家にしてみれば作物の芽を荒らす害獣で、それだからか目撃例も何かと多いようだったが、木山は一度もお目にかかったことがなく、多年その出会いにあこがれていた。何週か通い、ときには半日、双眼鏡を手に藪に身を隠し待ってみたが、一向にあらわれるようすはなく、ようやく諦めをつけたのは、あるとき藪の奥の窪地に桜草が群生しているのを見たからだった。その環境から、木山は最初それを野生種だと思っていたが、どこかの庭に植わっていたのを、ひもじかったからか羚羊が食べた、それでその種子がここに運ばれたのだとしたら、これはもう羚羊を見たのと変わらない気がしたのである。

伸びた一本の花茎の先に開いた数輪の花の薄紫が、こんな藪の片隅にあって妍《けん》を競い、茶や緑だったりの他の植物を引き立てもしているのに感心し、月に陽に照り映えた花弁をとくと見やって、藪を出ると、川辺にもどった。赤松の周りに生えていた数本の楤《たら》の木のうちの、芽のふくらみの程合いなのへ手を伸ばし、ナイフを取り出そうとポケットをまさぐって、ここでふと、夜の住宅地で、そんな物騒なものを手に摑んだ男に、防犯カメラが無関心でいるはずもないと、急ぎその場を立ち去った。月の光に濡れた細道がさらに細まりくだっていく坂下に、この川の大本《おおもと》になる水源があってもよさそうだと、そちらへ寄ることにしたのだが、いくら流路の短い川だとは言え、本来なら数キロは歩かねばならないところを、ものの数分で到着できてしまうのは、空想のうえでのことだからにしろ、ありがたかった。

その水源の池だが、そんなに大きなものではない。離れて見ると、どこかのちょうど庭池のようで、ところが水底深くにある岩の裂け目からは、毎分四十五トンにもなる山の伏流水が湧出しているということだから、畔《ほとり》に近づき、そう思って眺めると、なかなかの壮観なのである。池からあふれ出た水は、たがいの上を滑って水路に落ちこみ、こまかな屈曲を持った細い川になり、桜草の芽ぐむ茂みのそばを流れくだって、落葉松の足もとの岸を少しずつ削る、あの本流に注いでいる。この池にも木山は何度となく足を運び、湧いた水を手に掬《すく》ったこともあるからわかるのだが、おおよそ十五度くらいと、夏場でもないと触る気のしない冷たさなのだった。

池の対岸の若い栗の木と、池畔にぱらぱらと咲いた杜若《かきつばた》の花とを見て、六月くらいかと見当をつけ、久しぶりにここの水を飲んでみるかと水路に近づき、汀《みぎわ》に座った。流れの中へ手を浸そうとして、頭上に太陽が昇っていたのを、水が映し出したその影を見て知り、すると十六夜の月も、そろそろ南中というところなのだろうかと、振りかえり見てみたが、そちらはまだのようだった。

出した手を引っこめ、無理に首をめぐらす、こんな何でもないような動作でも、初夏の昼の中に春の夜が混ざり、引きもどされそうになったので、目をつむると木山は池にもどり、とめどもなく底から湧いてくる水、透き徹《とお》りすぎていて何もないように見える清水を眺め、目を冷やした。

もとの感じを取りかえそうと、水中に漂う水草の、しっかりと根を張り、厖大《ぼうだい》な水の迸《とばし》りにも、恐れげなくすっと伸びているのを見つめていると、重砲を放つ音が鳴り渡った。林の向こうの自衛隊の駐屯地で、何やら演習がはじまったのらしく、あまり気が散るので御輿《みこし》をあげようとして、それまで水の中を、どこか永遠のようにたゆたっていた水草が千切れ、ふわり浮かんだその一本のあとを追い、続けざまに浮いてきた他の水草と結びあい鳥の巣状にこんぐらがったのが、湧きあがる水の力に圧《お》されて、池の隅へと追いやられていくのを目にとめ思い出したのは、海の藻《も》の話だった。

　岩礁に生えた藻が、根の上のあたりを切られて浮かび、海上を漂うその下に、鰤《ぶり》などの稚魚が集まるというものだ。稚魚たちはそこを栖《すみか》にしているという以上に、身を隠すものの少ない海洋水面では、藻のかたまりが移ろうのにつき従うしか生き延びる手立てがないのだそうで、言ってみりゃモジャコのシェルターみたいなもんさな、と、そのもんさなから、このことを木山は、もうずいぶんまえに、ある漁村で知りあった老人に教えられたのだったと、その顔を思い浮かべた。老漁師はほかにも、一見すると海のごみのようにも見える、その浮き藻の周辺に、稚魚の食餌《しょくじ》になるプランクトンが多く発生すること、ある種の魚類の産卵場にもなっていることなど話してくれたが、それが退避所に使われるというのが、木山には中でも面白く聞かれ、ただ、それがなぜ自分の関心を引くのかは、長らくわからずにいた。

　つい先ほどまで、南東の空の低い位置にあったのが、今や低いとも言いかねるあたりにまで昇っている月、その月へ顔を向けた木山が腰をおろしているのは、かつてそこにあった橋が取り払われた、その遺構であるところの煉瓦《れんが》造りの橋台の上だった。左手の上方に、今晩最初に渡った新しいほうの橋が延びており、その上空に月が掛かって、全体を白く照らしている。

真夏、真冬とは言うが、春秋はこれがその芯だと定めがたいものがあるからなのか、そうは言わない。けれどもこうして、暖かな月の光を浴びていると、今がまさに真春なのではという気が木山はし、目をつむりさえすれば、月は太陽に変わる、初夏の池のそばに座っていることにもなるのが簡便で、アパートまで、あとは土手道をいくらも歩けば着いてしまうようなところまで来ているのが、何か物足りなかった。それでもう一度瞼をおろし、少しのまを置いてから開いてみると、湧き水が水路を軽やかに流れくだっていく、その先のほうで、かつて見たことのなかったもうひとつ別の流れが分かたれ、草むらの合間を縫って走っているのが目に入り、そういうことならと木山は立ちあがり、夜道にもどると、そちらを追ってみることにした。

ゆっくりと、次は何が見えてくるだろうと、目を配り川筋をたどっていくうち、今度はそれが繁華街に間近いあたりを流れているのが、遠くの空の入道雲の、もくもくと湧き立ち、しだいにその全貌をあきらかにしていくのに伴い、わかってきた。積年の人の行き来で踏み固められた堤の上に延びている道から、岸辺の草のあいだに光る川を見おろして、そのいかにも中流域らしい所帯やつれしたおもむきに、ふいにこの川の名前が、近くの駅の名にもなっていたことを思い出したが、追って思い浮かんだことのほうに興味を余計引かれたのもあって、それは口にしないでも済んだ。

生活排水のせいなのでもあるのか、とろり灰の色に澱んだ、と言ってすっかり駄目になったとも思われないこの川の水面《みなも》すれすれに、奇体な魚がすがたを見せることがあって、同じ小学校の遊び仲間たちのあいだで伝説じみた語られ方をしていたのだった。その仲間内というのが何人くらいのものだったか、木山は覚えていなかったが、十人ばかりいたとして、木山をふくめ全員が、その育ちすぎた糸瓜《へちま》のような長い胴をした魚を再三見ており、それぞれの目撃談を突きあわせてみたところが、いずれも曇天下での出来事なのだった。

そのことに気づいているのが、自分だけらしいと木山は気づいてもいて、ところがそれを胸に畳んで、仲間の誰にも話さなかったのは、話せばそれが川の主《ぬし》の怒りに触れるのではとおそれていたからだった。それにまた、おそらくは誰かが、そんなことはないと言い出すのに決まっていて、いついつの晴れた日に見たとか、雨の中浮かんできて、美味《うま》そうに雨粒を飲むのを見たなどということになっては、神秘が台無しになるとも思っていた。それで自分も、伝説にけちをつけるようなことはすまいと、たとえ主を見たくなっても、あいにくその日が晴れていようものなら、自粛して川へは行かずにおいた。

四季の折々に見られたが、秋冬に多く見たように覚えていた。しかし今、三十数年もの歳月を経て、それだけ年もとり、分別らしくもなった頭で考えてみると、春夏には、別に泳げるのでもない、川原の草も茂り放題でボール遊びにも向かないこの川に来るよりは、よその遊びに忙しかったということなのかもしれないと思った。また川の主にしても、同じ生き物である以上、陽射しにめぐまれる季節の、明るく晴れた昼間のほうが、暗い寝所から出てき甲斐があるだろうとも思うのだった。

川辺の草色は、いずれも七月らしい濃い緑で、太陽も午前の締め括りにかかろうかという、絶頂を迎える高所に昇っていた。たぶん鯉だったのだろうが、それにしては大きく長細かった、草魚《そうぎょ》の線もあると堤をおりて、正体を突き止めようと川に近づこうとし、自分は今、春の精に浮かされたようなところがある、この調子だと、水の渦に顔を出した主から、いつわりなしと聞きつるにうんぬんと恨み節でも聞かされそうだ、と、堤へもどると、引き続き下流を指して歩きはじめた。

道の先に、かなり遠くからも見えていたポプラの木のそばを通りかかったとき、樹上にちょうど太陽がかさなり、地面がやや暗んだ。が、すぐにまた照り出したので、子どもなら二、三人が横並びになっても収まりそうな太い幹の蔭に木山は入り、そこで目を閉じた。吹き通うそよ風が顔をなぶるにまかせて、しばらくそのままでいたが、かすかなどぶ臭さをひそめた水の匂いを嗅いでいるうち、鼻の下がひりついてくる感じがあったのが訝《いぶか》しく、目を開けてみると、川辺はがらり様相を変えていた。ずっと下流の、鯊《はぜ》や鯔《ぼら》がよく釣れるので、朝晩は投げ竿を出す人で混雑し、自転車で通り抜けにくかった通学路上に木山は立っているのだった。

ああ、あの川かと、目がやはり先に漂泊をはじめた。こんな昼日中では釣果のまず見こめないのを知らない人もいないのか、どこにも人影がないのが、通行人にとってはまことにつごうがよく、先の国道にはおよばないにしても、あれに迫ろうかというおおどかな流れを見て、炎天に照らされた岸辺の道を、この川とかかりあっていた時分に思いを馳せながら、さらに下流へと歩みを進めていった。

やがて源流域の山中から、幹川流路延長にして、十数キロはあるこの川の、海からかぞえ八番目の橋に差しかかった。そこのたもとには、誰といるのでもなくひとりで水の動くのを見ている、黒い学生服すがたの子どもがいるはずで、今なら打ち解けた話もできるのではと、そう思えばこその感慨を抱えて、二十数年ぶりにまみえることになったその橋だったが、私語は慎んで貰おうとばかりに、月の光がいや増してきて、みるみるそれは、ずっと小さな橋に変容していった。見れば足もとにあるのは、もはや川とも呼びにくいような、排水路をただ満たしている、顧《かえり》みる人もない重たげな色の水だった。

塗料のところどころが剝げ落ちた欄干《らんかん》に木山は手を置き、さてどうしたものかと考えたが、どちらへ向かい流れているのか、あまり流れが平らかで見分けのつけようもない水を見ているよりは、両岸に植わった夾竹桃《きょうちくとう》の、花の白い木が多かったほうが、たしか下流で、この掘割づたいに少し行けば、海に開く水門にたどり着けたはずだとの記憶を頼りに、橋を離れた。上流のほうには、木山が幼時に住んでいた家などもあったので、後ろ髪を引かれたものの、本流からその支流、支流からその源流へと遡行していたときにはなかった、何か先の丸いやわらかな針のようなもので、頭のどこかを突かれている感じが強まってくるのにも触発され、浜におりていく道を採《と》ることにしたのだった。

　その一帯は、比較的新しい時代になって造成された埋立地で、この夜のお屋敷町と同様に、ひっそり静まりかえっていた。ただしこちらのは、歴史を持たない負い目のようなものがその基調をなしているといった閑静さで、沿道の夾竹桃の花を紅白交々《こもごも》に見やりながら、汗をかきかき海を目指し歩き、ところがほどなく木山が足を止めたのは、浜辺でも水門端でさえもない、あかあかと街灯に照らされたバス停留所の標識の前だった。

　後戻りしようもなくなるところへ出てしまうのを、引き止められたということなのかもしれず、私立の中高一貫校にほど近い場所柄か、ここもまた桜の匂いが色濃く煙り、目鼻にまつわってくるのを、木山は指で撫《な》で落とした。自分の周囲にだけ漂う遠い夏の余韻に、息をつくような思いでいると、アパートにつうじる一本道の奥に見えていた街灯から、手近な街灯の明かりまでが、送電が途絶えたかのように、一斉に落ちた。真っ暗闇だと思ったのもつかのま、月の光が冴えかえっているのが、路辺の影の濃さからもわかり、隣で同行者が、もう帰りなよ、と意見してくるのを空咳《からせき》にまぎらせたあたりで、すべてはそれでもとの春の夜に復していたのだった。

北海道の小樽市で、木山はひと夏を過ごしたことがあった。数カ月もしたら二十《はたち》になるという頃のことで、金がないものと相場が決まっている学生に、そんな長滞在ができたのは、ひとえにその町に未婚の叔母が住んでいたからだった。この町で木山は生まれたので、けれども出生後ほどなく別の町で暮らすことになったので、ほとんど知らない町と言ってよかった。

秋かと疑われる、乾いた夏の日ざかりの街路を、その日も木山は運河へ向かい歩いていた。高架下を抜けると駅前へ回り、長崎屋の角を折れたあたりから、真っすぐに海へとくだっていく道だった。

この町に滞在し、すでに三週間余りが過ぎていた。初めのうち木山は、その求心力に抗しがたかったこともあって、小さな港町よりは札幌に魅了されていた。おおむね足で、ときには市電や地下鉄を利用し、その碁盤の目の上の端々を訪ね回っていたものだったが、十日ほどすると、何か興味の対象が、小樽という町に収斂されていく感じになってきた。

知らない町に来て、目ぼしいものをひと通り目がさらってしまうと、そこからはさて本題というか、化粧けのない方面が気になってくるのは、幼少年期にそれなりに転居を経験していた木山には馴染みの感覚だった。何げない風景の中のほうにこそ、かつてそこを流れていた時間と、今の時間とを、じかに結びつける手掛かりが秘められているような気がしてくるのだ。一方で、観光に倦《あ》きてきたのではとも思っており、自分がこの町を、生後しばらくしてそこを離れた時点で分岐し、今も併存しているもうひとつの世界ででもあるように眺めたがっていたと知ったのは、だいぶあとになってのことだった。

　この町で育っていたら、遊びに使ったにちがいない場所や、通うことになったかもしれない学校を訪ね、小学生なら小学生の、高校生なら高校生のもうひとりの自分を見出してみようと、産院があったと聞いた南小樽駅周辺から探索をはじめ、ある日は水天宮や小樽駅近くの龍宮神社、石山町や清水町といったところにある神社仏閣を、他日は市場や商店街に的を絞って、歩き回った。それで数日もすると、町の中心部はおおよそ歩き尽くした感があったが、堺町筋や小樽運河といった旅行者も多いだろう界隈は、日常の風物を求める目的上、敬遠していた。それよりは街区をいくらも離れた、たとえば高島・手宮地区などへ行き、無人の建物を眺めたりするのに時間を費やしていたが、結局のところ、この町のどこにいても、頭に浮かび、躍然と動き出してくるのは、自分のではなく、母や叔母やの子ども時代の面影だった。路地へ入れば、たちまちそこのアスファルトは溶け、土が剝《む》き出しになった路上でゴム跳びをはじめる子どもを見た。とある道道沿いの歩道では、鍋釜を背に負いよろめき歩く、炊事遠足帰りの小学生と行きあった。駅前をぶらついていると擦れちがうのは、マジソンバッグを肩に掛けた部活動帰りなのでもあるらしい高校生だった。

　生まれ故郷とはそういうものかと、肩透かしを喰った感じで、しかしそれからも連日町に出て、何か接点を見つけられたらと、北の夏とは言え暑いのは暑い中を、その日も木山は朝から方々をめぐって歩き、正午近くになって足を休めたのは、旧手宮線の鉄路に沿った小道をたどり、公園の手前で道を変え、少し行くと見えてきた橋の上だった。何か見過ごしがたい雰囲気のある、幅の広いのからするとずいぶん短い橋で、親柱《おやばしら》に三つあった漢字のうちの一字が読めず、橋の出口と思われるほうの橋名板を見てみたところが、たかしまは志、と読まれたのだった。

橋下を流れる小川の、空の反映の裏にも澄んだいい色をしているのに目を奪われて、するとそのうちに、一体この水が石狩湾のどのあたりへ流れ出すのか、その行き着くところに立ち会ってみたくなってきた。そこで川沿いの道を、海があるほうへと歩き出したが、片や洋風の、片や和風のと、年輪を刻んだ石の建築物が両岸に見えてきたあたりで、川幅が増しているのに気づいたのもつかのま、そこからいくらも進まないうちに川は車通りの下へ入ってしまった。やむなく川端を離れることにして、地下に消えた流れが再び顔を出すところを押さえようと、信号を探し、急ぎ横断歩道を渡っていると、目に入ってきたのが小樽運河で、あの小さかった川が、と、何か化かされたようで気抜けしながらも木山は、もはや汽水域なのにちがいないその満々たる水の上の広場へ行き、柵に手を置いた。

空の青を映す水に躍る光の群れが、木山の目の先に見えていた。動きがないようでも、次の橋に達するまでの緩く湾曲した水面のそこかしこに、光のきらめきが認められ、それが川の水で、絶えまなく流れているのがわかるのだった。石造りの倉庫と散策路のあいだに青く延びた運河は、荒ぶる外海へよりは、湖水につうじているのが似つかわしいような、何か内に響く情感をひそめて、静かだった。野の川を見るようで、ただし周りを石に包まれていることでは、丹念な人の手の入った眺めでもあるのが、自然と人工とを峻別したがる向きのある木山の平衡感覚をぐらつかせる一方で、川というものは、古くは第一に道のことなのであって、必要となれば、人はその上を自在に移動できる、歩けもするのだと誘いかけられているような気がした。

運河に沿って等間隔に、古風な街灯が立っていた。薄暮にもなれば、誰かがやって来てガスを開栓し、火口に点火して回るというのでは、たぶんない、凝った造りのものだがさすがに裸火でもない、火でさえないのかもしれないランプに灯る光を木山は見たいと思ったが、それは日が落ちてからのことなのだ。

夏空の高みに輝いていた太陽が、瞬《また》くまに没していったかと思うと、これと入れ替わりに、明るく光る月が出た。

あれからというもの、昼過ぎにもなれば運河へ行き、そこで本も読み弁当も広げた、その夏の残りの日々を思いながら、アパートの内階段をあがっていった。部屋の前にたどり着き、ふとドアの把手《とって》を引いてみると、鍵が掛かっていなかった。今夜は仲よくやれそうな気がしていた同行者だったが、最後の道のりで思いがけず手間取ったのに痺れを切らし、先に帰ったのらしかった。

何と名づけられているものなのか、ある陶酔を呼び覚ます、不確かな気分との馴れ合いを、木山はいつも遠ざけてきた。自然に接しての感応か、でなければごく短命で、あとを引くのでもないらしいようなら、たまさかそれと遊ぶのに警戒もしなかったが、締まりなく続きそうなのであれば、早く切れてしまうのがいいと思っていた。

玄関に入り、靴を脱ぎ、月の光に満たされた室内を、ベランダのほうへ近づいていった。窓が開け放しになっているのを見て、やはり玄関の施錠は自分が出がけに怠ったので、同行者はここから入ったのかもしれないと思った。そのままベランダに出て、今夜見る中でもいちばん高い南天に掛かった月の降らす光が、遠くの山々のいただきから中腹までを、白く覆っているのを見た。ただ、裾に近いあたり、なだらかな丘から麓《ふもと》にかけては、あまたの人家が軒をつらね、いつもは窓の灯で明るいはずなのが、際立つ月影の下で原生林に還《かえ》ったように暗く沈んで見えていた。

丘陵の森から、ロマンスはおりてくるというが、と、部屋へもどり机に向かい、それなしには荒涼極まりない、人の世を照らすその庇護のもと、射し入る外の光をよすがに白紙を広げ、鉛筆を手に取った。今夜の散歩で立ち寄った、かつての人生の折節そこへ逃げこんで、時を忘れもした川の名前を書きつけて、どうしてるだろうかと、誰に問いかけるでもなく顔をあげると、まぎれもない満月なのである。

あれが欠けて見えたとはどうかしていた、そう見えたのはこちらの落ち度で、人の満ち欠けということから、何か紡《つむ》ぎ出せるのではと胸を弾ませ、しかしそれは虫がよすぎると、代わりにというのもおかしいが、近々小樽を訪ねてみようと、余白に旅の計画を練りはじめた。稀《まれ》な体験をして、すぐにそれを小説に仕立てようとの欲を振り払うことができたのは、節度からというより、自身と折り合いがついた、一種のゆとりからなのかもしれなかった。そうして、明るい月と陽の光を受けての、この春の一夜の散策は、ここ数年をつうじての木山の物書きとしての流離《さすら》いと、どこか似通ったものだった。

初出　「群像」

早春　二〇一九年九月号
入船　二〇二〇年八月号
遡　二〇二一年二月号
ブラスト　二〇二一年八月号
日なた　二〇二二年二月号
朝霧の　二〇二二年八月号
カタリナ　二〇二三年一月号
ながれも　二〇二三年七月号

＊本書は単行本化にあたり加筆修整を行いました。

沼田真佑（ぬまた・しんすけ）
一九七八年、北海道小樽市生まれ。福岡県福岡市に育ち、西南学院大学商学部を卒業。二〇一七年、「影裏」で第一二二回文學界新人賞受賞、同作が第一五七回芥川龍之介賞を受賞。著書に『影裏』（文春文庫）がある。

幻日《げんじつ》／木山《きやま》の話《はなし》

二〇二三年一二月六日　第一刷発行

著者　沼田真佑《ぬまたしんすけ》

発行者　髙橋明男

発行所　株式会社講談社

〒一一二-八〇〇一　東京都文京区音羽二-一二-二一

電話　出版　〇三-五三九五-三五〇四
　　　販売　〇三-五三九五-五八一七
　　　業務　〇三-五三九五-三六一五

印刷所　TOPPAN株式会社

製本所　株式会社若林製本工場

KODANSHA

ISBN978-4-06-533912-1